書下ろし

たぶん、出会わなければよかった嘘つきな君に

佐藤青南

祥伝社文庫

目次

第一章

1

彼女なんていらない。

ストイックを気取るつもりなんてさらさらないけれど、狭苦しいワンルームアパートの一室でテキストを開いたままデスクで寝落ちするような毎日には、いまのところ恋人の入る余地が存在しない。人生になりふりかまわず頑張らないといけない時期があるとすれば、それはたぶんいまだ。だから恋人はいないけれど、欲しいとも思わない。

ところがそういう考え方を理解できない人種というのも、世の中には存在する。恋愛至上主義とでもいうのだろうか。交際相手がいない人間はつねに寂しい思いをしてぬくもりを求めていて、夜には涙で枕を濡《ぬ》らしていて、クリスマスなどのイベントでべたべたするカップルを親の敵《かたき》のように憎悪していて、口では彼氏彼女なんていらないと言いつつも、本音の部分では出会いを欲しているに違いないと決めつける人たちだ。

いま僕にしつこく絡《から》んでくるEXILE《エグザイル》に入り損《そこ》ねたような無精《ぶしょう》ひげの男も、典型的な恋愛至上主義者だった。

「そんなわけないだろう。だっておまえ、もう二年も彼女いないじゃないか。ただの二年じゃない。二十六からの二年だぞ。二年。男が一番遊びたい盛りの時期だ」

目の前に突き出された二本指を、僕は手で払う。

これが赤の他人だったら適当にあしらって席を立つか、店を変えるかすればいいのだけれど、高校時代から十年来の付き合いになる友人だから始末に負えない。こいつはようするに僕の「連れ」だ。

「森尾《もりお》こそどうなんだよ。自分だって彼女いないじゃないか」

森尾というのが、恋愛至上主義者の「連れ」の名前だった。

「おれはいいんだ。いない歴がたったの三ヶ月だし、そもそも欲しがってるから。欲しがっていろいろ努力した結果、彼女がいないのと、欲しくないって強がってなにもしないのとは、ヤバさが雲泥《うんでい》の差だ」

「強がってるわけじゃない」

それにいろいろ努力した結果彼女ができないほうが、よく考えたら深刻じゃないか？

だが言わない。いまの森尾はしたたかに酔っていて、ろれつも怪《あや》しい。こんな状態の相手とやり合ったところで、まともな議論など期待できない。実際に、さっきから会話も堂々巡《めぐ》りを続けている。二軒目の誘いを断ればよかった。いや、僕の記憶が正しければ、たしかに断ったはずなのだ。だけどなぜか、僕はここにいる。

「それともあれか。いまだに瑞穂《みずほ》ちゃんのことを引きずってるのか」

森尾が据《す》わった眼で言った。

瑞穂というのは、二年前に別れた恋人の名前だ。大学時代から六年も付き合ったが、ほかに好きな男ができたと言って僕のもとを去って行った。別れは驚くほどあっけなかった。

「まさか。そんなわけない」

「そうだよな。あんなビッチのことをいつまでも引きずるほど、コーヨーだって馬鹿じゃないよな」

コーヨー。学生時代からの友人には、いまだにそう呼ばれる。伊東公洋《いとうきみひろ》という僕の下の名前を音読みしたあだ名だった。

「瑞穂はビッチじゃない」

「かばうのか。おまえという男がいながら、職場の先輩にコクられて二股かけて、挙げ句向こうを選んでおまえを捨てたんだ。どこからどう見てもビッチじゃないか。ビッチじゃなかったらゲスだ。ゲス不倫」

「不倫じゃないし」

「やっぱおまえまだ引きずってるんじゃないの」

「引きずってないってば」

結果だけを見て被害者を気取るのは簡単だ。だけど瑞穂をよく知っていて、二人の関係性を一番よくわかっている僕に言わせれば、悪いのは瑞穂だけじゃない。

「女で受けた傷は、女で癒《い》やすしかないんだって」

「どんな理屈だよ。だいいち傷なんてない」

「だったらさっさと次の彼女作って、前に進もうぜ」

駄目だこりゃ。まったく話にならない。

僕はポケットからスマホを引き出し、時刻を確認する。さすがに帰るにはまだ早いか。中野《なかの》の昭和《しょうわ》新道《しんどう》にある一樂一縁《いちらくいちえん》という居酒屋は、森尾の行きつけらしかった。L字形のカウンターのみ十席という狭い店内の壁には、演劇や音楽ライブ、ボクシング興行のチラシなどが所狭しと貼ってあり、いかにもサブカルにどっぷりと浸《つ》かって人生を狂《くる》わせた男の好きそうな雰囲気だ。地方の進学校から東京のそこその私大に進んだ僕と森尾だったが、同じキャンパスに通った期間は二年しかない。演劇に目覚めた森尾が、大学を中退して劇団に入ってしまったためだ。今日こうして森尾に呼び出されたのも、森尾の所属する劇団の公演チケットを購入するためだった。森尾の劇団は年に一、二回の公演を行っており、公演が近づくと、森尾はチケットノルマを消化するために僕に連絡してくる。

今日だって三五〇〇円の前売り券を購入したし、さっきの店の支払いでその三五〇〇円を使い果たしたとか言っていたから、この店で飲み食いする代金も、おそらく僕持ちだ。なのにこんなふうに絡まれるなんて理不尽だし割に合わないが、それを許してしまうのが学生時代からの腐れ縁という関係なのか、それとも、生来の僕の気の弱さのせいか。

「いまの職場で、誰かいい人いないのか」

「いないいない。全部で十二人しかいない小さな事務所だぞ」

「十二人のうち、女は」

僕は虚空《こくう》を見上げ、同僚たちの顔を一人ひとり思い出した。

「三……いや、四人だった」

五十代の女性を一人カウントし忘れていた。失礼な話だ。

「四人もいる」

「四人のうち二人は結婚して子供もいるし、もう一人は独身だけど年上すぎる。四十近いんだ」

「人妻も年上もおれには許容範囲だけど、たしかにおまえにはハードルが高いな」

森尾は顎《あご》に手をあて、真剣に吟味《ぎんみ》する表情だ。どうやら友人の境遇を案じる気持ちは本物のようだが、余計なお世話もいいところだ。

ふと、森尾がなにかに気づいたような顔になった。

「待てよ。全部で四人って言ってたのに、三人しか挙げてないな。二人が人妻、一人が年上……ほら、三人。あと一人はどうした」

詰め寄ってくる顔を手で防ぎながら、僕は言った。

「あと一人は、パートさんだから」

「なんだそれ。意味がわからん。パートだからなんだ。パートとは付き合えないってか」

軽い口調を装ってはいるが、少し怒っているのがわかる。売れない役者である森尾もアルバイトで生計を立てている身なので、非正規労働者を代表して憤《いきどお》っているのか。

「そうじゃない。そういうつもりじゃないんだ」

「じゃあどういうつもりなんだ。その女が超絶不細工なのか」

「不細工じゃ……ないけど」その同僚女性の顔を思い浮かべる。女性として意識したことはなかったので、彼女が美人かどうかなんて考えたこともなかった。

だが、あらためて思い出してみると、

「むしろ、どっちかと言えば整ってる」

だからと言って、同僚を口説《くど》くような度胸も話術も持ち合わせていないが。

「いいじゃんいいじゃん。年は？」

森尾がノリノリで身を乗り出してくる。

「一コ上」

「ってことは二十九か。悪くない。おまえみたいなやつには、尻《しり》を叩《たた》いてくれる姉《あね》さん女房ぐらいがちょうどいいんだ」

「おまえみたいなって、森尾に僕のなにがわかるって言うんだ」

「全部さ」さらりと言ってのけ、森尾は質問を続けた。

「名前は」

「そこまで答える義務はない」

僕が拒んでも、森尾に引き下がる気はなさそうだ。

「義務はないけど興味がある。硬いこと言うな。教えろよ、名前ぐらい」

「個人情報だ」

「そう来たか。さすが法律屋」森尾は唇《くちびる》をすぼめた。

「だけどコーヨー。おまえがおれにその女の名前を教えたからって、おれがその女をストーキングするとでも思うか?」

思わない。反論できずに唇を歪《ゆが》める僕の肩を、森尾が抱いた。

「この場限りの、ただの酒の肴《さかな》じゃないか。個人情報だとかノリの悪いこと言ってないでさ、いいじゃん。名前ぐらい。それ以上の個人情報は訊《き》かないから」

このままでは話が終わらなそうだ。

「本当だな」

「ああ。誓《ちか》う」

森尾が右手を顔の高さに上げ、宣誓した。

僕は渋々、彼女の名前を口にする。

「峰岸《みねぎし》、さん」

「下の名前は」

「佑子《ゆうこ》」

「ミネギシユウコちゃんか」

森尾はおもむろにスマホを取り出し、検索窓に文字を入力し始める。

「ユウコの漢字は?」

「な、なにやってるんだ」

「名前以上の個人情報は訊かないって言っただろう。だから自分で調べてる」

「やめろよ。ずるいぞ」

スマホを奪おうと手をのばすと、身体をひねって避《よ》けられた。

「漢字を教えろ」

「嫌だ。ぜったい教えない」

それでも森尾は勝手に字をあてて検索を続け、やがてなにかを見つけたようだった。

「もしかして、これじゃないか」

そもそもSNSなんてやらなそうなタイプの女性だ。どうせヒットするはずがないと高を括《くく》ってそっぽを向いていた僕は、思わず森尾のスマホを覗《のぞ》き込んだ。

SNSのアカウントページだった。

アイコンの丸い枠の中で遠慮がちにピースサインをしている女性は、僕が知ってるよりも髪が短く、いくぶん若く見えるが、間違いなく同僚の峰岸佑子さんのようだった。漢字がわからなくても森尾がこのページを見つけたのは、名前がアルファベットで登録されていたためらしい。

「美人じゃん。ほかに顔写真はないかな」

森尾が品定めの顔つきで画面を操作する。

「どうやらユウコちゃんは、小説が好きらしいな。トウノケイゴとかいう作家の本の表紙の写真を上げてるぞ」

「こういうの、まずくないか」

「なにがまずいもんか。自分のページに鍵をかけて、友達以外は見られないようにすることだってできるんだぜ。なのにそれをしてない。つまり、全世界に向けて自分のプライベートを公開してるってことだ。佑子ちゃんはみんなに見て欲しいんだ……でも残念。アイコン以外には顔写真載せてない。タイムラインにもそんなに頻繁《ひんぱん》には投稿してないな。友達も五人しかいない。こりゃ誰かにそそのかされてアカウントを作ったものの、面倒くさくてほとんど放置っていう、おまえと同じパターンか」

「おまえだって放置してるだろ」

「まあな。やれどこに出かけただの、なに食っただの、不特定多数に向けて発信する意味がわからない」

「そんなに言うなら、最初から登録しなきゃいいのに」

「それはお互いさま」

森尾は笑いながら言って、液晶画面をしげしげと眺めた。

「おまえ、友達申請してみたら？」

「なんで」

「プロフィールに、私のことを知っている人がいたら気軽に友達申請してくださいって書いてある。おまえ、知ってるじゃないか」

ふと考えた。僕は彼女のことを知っているのだろうか？　もちろん、顔や名前は知っているし、街で見かけたら彼女だと特定することはできる。彼女だってその程度には、僕のことを知ってくれているだろう。だが知っているというのは、そういうことなのだろうか。なんだか、違う気がする。

「いいよ」

僕は鬱陶《うっとう》しそうに手を払った。

「なんで」

「そんな仲じゃないし」

「これからそんな仲になるために申請するんじゃないか」

こいつおもしろがってるなと、僕は横目で睨《にら》む。

「そんなつもりはない。それももう閉じろ」

森尾の手にしたスマホの画面を、僕は自分の手で隠した。

「なんでだよ。いいじゃん。本人が全世界に向けて公開してるんだぜ」

「でも、知らないうちに職場の同僚にプライベートを嗅《か》ぎまわられたら、いい気はしないと思う」

少なくとも、僕が彼女の立場ならそうだ。

「おまえは本当にいいやつだよな」

しみじみと言われ、反応に困った。

「……別に普通だ」

「おれは本気でそう思ってるんだぜ。おまえみたいに真面目《まじめ》で、善良で、心根のやさしいやつになんで彼女がいないのかって。おれが女なら、ぜったいおまえを選ぶのに」

「そりゃどうも」

褒《ほ》められすぎるのも居心地が悪いものだ。

「ねえ、ムロさん。誰かこいつにぴったりのいい子、いないっすかね」

森尾は僕の肩に手を置き、カウンターの中に声をかけた。

フライパンを振っていた店長のムロさんが、こちらに顔を向ける。茶髪の坊主頭でけっこうな強面《こわもて》のおじさんなので、最初に店に入ったときには怖かったけれど、ちょっと話せばとても気さくで良い人だとわかった。

「コーヨーくんにぴったりの子？」

ムロさんにも僕らの会話は聞こえていたらしい。カウンターに囲まれたキッチンはせいぜい一畳ほどの広さしかないから、そりゃ嫌でも聞こえるか。

「そうなんすよ。こいつ超いいやつなんだけど、もう二年も彼女いなくて。親友として、なんとかしてやりたいんです」

「だからいまは――」

いらないんだってば。そう言うよりも早く、ムロさんが口を開く。

「そういえばナナちゃん最近、彼氏と別れたって言ってなかったっけ」

ムロさんは僕らと斜向《はすむ》かいになるカウンター席で飲んでいた、女の子二人組に声をかけた。二人とも若い。十代と言っても通用しそうだが、ここはお酒を出すお店なので、おそらく二十歳を超えてはいるのだろう。

一人はほんのり茶色い髪のショートカットで、もう一人は同じようにほのかに茶色い髪を肩までのばし、緩《ゆる》やかにウェーブさせている。

反射的に、ショートカットのほうが「ナナちゃん」だったらいいなと思ってしまった。色素の薄い瞳《ひとみ》が透き通るようで、とても魅力的だった。

その色素の薄い瞳が、ぱちぱちと瞬《まばた》きする。

直後、ショートカットの子が鈴をころがすような声で笑った。

「もう、ムロさん。そういうこと大きな声で言うの、やめてよね」

僕の期待通り、ショートカットのほうがナナちゃんだったらしい。

「ごめんごめん」ムロさんはまったく反省していなさそうな口調で言って、続けた。

「なんか、そこの彼が恋人募集中らしいから、ナナちゃんに紹介しようと思って」

「本当に？」

ナナちゃんの透き通った瞳が、好奇心を湛《たた》えていっそう輝く。その瞬間に視線がぶつかり、不覚にも心臓がとくんと跳《は》ねた。いっきに顔が熱くなる。驚いた。かわいい。だが、僕には若すぎるし、そもそもあんなかわいい子が、僕なんて相手にはしないだろう。

「いや。別に募集中とかじゃ――」

慌《あわ》てて否定しようとしたそのとき、ナナちゃんが言った。

「いいよ」

ムロさんや森尾だけでなく、聞き耳を立てていたほかの客も驚いたようだった。唐突に静寂《せいじゃく》が訪れる。

「いま、なんて……？」

森尾は信じられないという顔をしている。

「いいよ。デートしてみよっか」

ナナちゃんは右の頰《ほお》にえくぼを作って笑った。

2

その日は一日、足が地に着かない感じだった。

「──さん？　伊東さん？」

ぼうっとしていたせいで、名前を呼ばれていたことにもしばらく気づかなかった。

はっと我に返り、声のする方向に顔を向ける。

峰岸佑子さんが、僕のデスクの隣に立っていた。トレードマークの眼鏡《めがね》に長い黒髪をバレッタでまとめ、全体をベージュ系の色合いでまとめた、いつもの地味な服装だ。

「どうしました」

怪訝《けげん》そうに小首をかしげられ、僕は愛想笑いを作った。

「なんでもありません。すみません」

「なんでもなさそうには見えませんけど。今朝から具合悪そうですよね」

「そうですか？　心配させて申し訳ありません。昨夜飲み過ぎちゃって」

髪をかきながら謝ると、峰岸さんはあきれたようにも、安堵《あんど》したようにも見える表情になった。

「それならいいんですけど。例の相模原《さがみはら》の相続、法務局に行って登記簿を閲覧《えつらん》してきました」

「ありがとうございます。どうでした」

「やっぱりちょっと面倒になりそうです。相続された持分に、息子さんが抵当をつけていて、抵当権者が亡くなっています。抵当権の相続人はおそらく抵当権者のお子さんということになるんでしょうが、転居しているらしく所在が摑《つか》めません」

たしかに面倒ください。僕は思わず顔をしかめた。

「わかりました。ありがとうございます」

「ほかの持分の所有者に連絡を取ってみましょうか。もしかしたら、行方のわからない相続人についての情報がえられるかもしれません」

「そうしてくれると助かります」

僕が勤務するスマイル法務事務所は川崎《かわさき》市中原《なかはら》区にある、いわゆる司法書士法人だ。債務整理、過払い金返還請求、離婚、相続など、さまざまな法律相談を受け付けている。中でも主要な業務となっているのが、不動産登記と商業登記だ。司法書士というと業務内容を想像しづらいかもしれないが、一口に言えば書類作成代行業だ。依頼人から委任されて登記申請書を作成し、登記所に提出する。聞いただけだと簡単そうに思えるが、とくに不動産登記にかんしては、ひな形の空欄を埋めるだけで登記申請書が完成するような単純なケースは稀《まれ》だ。相続などでは前回の相続が何十年も前のことで、しかも被相続人は故人になっているため、誰になにをどれだけ遺《のこ》したかったのか、本人の遺志を確認することはできない。さらには相続物件がいつの間にか抵当に入っていたり、その抵当権がさらに第三者の抵当に入っていたりと、権利関係が複雑に入り組んでいることも珍《めずら》しくない。いざ相続という段階になって、数十年前に設定された抵当権の存在が浮かび上がり、登記手続きを阻害してくるのだ。複数の権利者が存在する場合には、そのすべてと接触し、調整を図る必要がある。登記簿はすべてがオンライン化されているわけではないので、閲覧するためには保管されている法務局まで足を運ばねばならないことも多い。

などとえらそうに説明しているが、僕は司法書士資格を持っていない。来年の資格試験に向けて勉強しながら働く、補助者という立場だ。

「おい、伊東！」

空気を震わせるような怒声《どせい》に、肩を跳ね上げた。

振り向くと、所長室の半分ほど開いた扉の隙間《すきま》から顔を出した三浦《みうら》所長が、もともと細い目をさらに細めて睨んでいる。ぴっちりとした横分けの髪型に、ダブルのスーツ。生命力みなぎるような脂ぎった肌。スマイル法務事務所なんて屋号を掲《かか》げてはいるが、この人が依頼人の前以外で笑顔を見せることはほとんどない。

「はい。なんでしょう」

「なんでしょうじゃないぞ。なんだこの登記申請書は！」

所長は右手に持ったＡ４サイズの冊子を、苛立《いらだ》たしげに振った。

僕はそそくさと所長に歩み寄り、ホッチキス留めされた冊子を受け取る。

所有権移転の登記申請書だった。うちの事務所では、法務局に提出する前に、すべての書類が所長の最終チェックを受けることになっている。

「なにか不備がありましたか」

「なにかじゃねえよ！　物件の情報、間違ってんじゃねえか！」

内容を確認してみる。さすがに一つ一つの案件の詳細までは記憶していないので、確認のためにデスクに戻ろうとしたら、所長の声に引き戻された。

「地番が違うんだよ。おまえどうすんの。こんな申請書出したら登記止まっちゃうだろうが。その間に第三者が登記済ませちゃったら、こっちの依頼人は対抗できなくなるんだぞ。そうなったら、おまえに責任取れるの」

そんな都合よく登場した第三者が横から登記申請してくるケースなんて、そうそうあるわけがない。

お決まりの口上を聞きながら無言で嵐が過ぎ去るのを待っていると、所長に登記申請書を奪い取られた。それを丸めたもので、僕の頭を叩く。

「責任取れるのかって訊いてるんだよ！」

静まりかえった事務所で、紙で僕の頭を殴る、ぽかんという間抜けな音がやけに大きく響いた。

「すみません」

「すみませんじゃないんだよ！　おまえは依頼人の財産に責任取れるのかって訊いてんだ！　え！　こら！　坪《つぼ》単価一千万はくだらねえ土地だぞ！　おまえのクビ一つぐらいじゃどうにもならねえんだ！　このボンクラが！　給料泥棒が！」

何度も殴られながら、来年こそはぜったいに試験に受かってここを抜け出してやると、あらためて心に誓った。

本来は授業料を受け取ってもいいものを、給料まで払って実務経験を積ませてやっているという意識があるせいか、浪人中の補助者は足もとを見られやすい立場にある。大学在学中に司法書士試験に合格し、二十代のうちに独立開業して以来、自分の足で銀行や信用金庫を訪ね歩いて顧客を獲得してきたという所長の実績は賞賛されるべきなのかもしれないが、部下を駒《こま》のように扱い使い捨ててきた結果だと思うと、僕にはどうしても尊敬できない。

ひとしきり苛立ちをぶつけ終えると、所長は仕上げとばかりに登記申請書を投げつけてきた。

「やり直せ！」

そのまま乱暴に扉を閉め、所長室へと戻る。

ぱさり、と登記申請書が床に落ちた。

「気にすんな。給料泥棒って言うほど、給料払ってないくせによ」

近くのデスクにいた中本《なかもと》さんが、鼻に皺《しわ》を寄せながら横目で所長室を睨む。三十九歳で、役員以外ではもっとも古株の所員らしい。この事務所に中途入社したとき、「ケツまくるなら早いほうがいいぞ」とアドバイスをくれた人でもある。最初は意味がわからなかったが、一週間も勤めると、中本さんの発言の意図が理解できた。法務をつかさどってきながら、実態は労基法すら無視したブラック企業だった。それでも中本さん自身が「ケツをまくらない」のは、妻子を養わねばならないからだという。

僕は中本さんにぎこちない笑みを返し、自分の席に戻った。

デスクの脇には、まだ峰岸さんが立っていた。

「伊東さん……」

なにか言おうとする峰岸さんに、僕は軽く手を上げた。

「いいんです」

わざとへらへらと軽薄に笑ってみせる。

「でも……」

「僕ならぜんぜん大丈夫ですから」

実際のところ、この事務所で働き始めてからの二年であまりに怒鳴《どな》られすぎて、耐性ができてきた。どんなに理不尽な言いがかりをつけられても、テレビ画面越しに見る災害現場のような、そんな感覚に陥《おちい》ることがある。

「すみません」

峰岸さんがしきりに恐縮しているのは、いましがた僕が怒鳴られた登記申請書の作成者が、実際には峰岸さんだったからだ。当初は僕のもとにまわってくる予定だった案件だが、単純な所有権移転なので所員がやる必要もないだろうと、所長自ら峰岸さんに仕事を振ったのだった。所長はおそらく、自分の発言を忘れている。いちいち反論しても火に油を注《そそ》ぐ結果にしかならないので黙っていた。かりに間違いに気づいたとしても、あの人が素直に自分の非を認めるわけがない。

「平気です。さっきの持分の所有者への連絡、お願いしますね」

話を終わらせようとしたのに、峰岸さんはまだ申し訳なさそうにしている。

「でも、前にもこういうことがあって、伊東さんにかばっていただきました。いつもご迷惑をおかけしてばかりで」

たしかにほかの所員の身代わりで怒鳴られる機会は多いが、峰岸さんばかりに迷惑をかけられているという意識もない。

「気にしないでください。慣れてますから」

床を蹴《け》って椅子《いす》ごと近づいてきた中本さんが、見えないお猪口《ちょこ》をあおる。

「どうだい、伊東くん。今日この後」

気を遣《つか》って飲みに誘ってくれるつもりのようだ。

「すみません。今日は用事があるんです」

「そうなの。じゃあまた今度か」

「はい。ぜひお願いします」

そのとき、中本さんの視線が僕を通り越して遠くを見ているのに気づいた。道路に面した窓のほうだ。

「あの女の子、なんかこっち見てない？」

中本さんが窓の外を指差す。

そう言われて振り返ってみて、ぎょっと目を剝《む》いた。

「ナナちゃん……」

なんでここに？

ナナちゃんは僕と目が合い、嬉《うれ》しそうに両手を振った。黒のニットにチェックのコートを羽織り、紫色のベレー帽というところまでは暖かそうなのに、デニムのショートパンツからのびた素足が寒そうだと思ってしまう僕は、もうおじさんの域に足を踏み入れているのだろうか。

「なに、伊東くんの知り合い？　隅に置けないな」

中本さんの含み笑いに笑顔で応《こた》えようとしたが、上手くできたかはわからない。

3

年長者の中本さんの音頭で乾杯した。

「くぅーっ。さすが中本さんおすすめの店ですね。美味《うま》い」

ジョッキのビールを半分ほど飲み干し、森尾が気持ちよさそうに鼻に皺を寄せる。

「ビールはよそと同じだろう」

親友の調子の良さには、あきれるしかない。

「カルパッチョ盛り合わせ、来ましたよ」

峰岸さんが店員から受け取った料理の皿を、テーブルに置いた。

「なにこれ。超美味《おい》しそう！　ちょっと待って森尾くん、写真撮るからまだ食べないで」

ナナちゃんの言葉に、フォークを持った森尾の手の動きが止まる。

「じゃあ私も撮っちゃお」

峰岸さんもスマホを取り出した。

「最近じゃ、猫も杓子《しやくし》も写真撮りまくってるよな」

中本さんが遠巻きにするような顔で、カメラをかまえる女子連中を見る。

峰岸さんはさっさと撮影を終えてスマホをしまったが、ナナちゃんはまだああでもないこうでもないと構図決めに夢中だ。

「森尾くん。森尾くんのフォークが入っちゃってるから下げて」

追い払うように手を振られ、森尾は不満げだ。

「美味いものってのは、できたてを食べるのが一番なんだぜ」

ねえ、と森尾に同意を求められ、中本さんが苦笑する。

「佑子ちゃんも撮り直す？　たぶん森尾くんのフォークが写り込んじゃってるよ」

峰岸さんがふたたびスマホを取り出し、撮影した写真を確認する。

「本当だ。フォークが」

そう言って再度カルパッチョにカメラを向けたが、しばらくすると首をかしげた。

「最近、カメラの調子がよくなくて。もう五年も使ってるスマホだから、そろそろ買い換えの時期なのかも」

そう言ってスマホをしまった。撮り直しは諦《あきら》めたらしい。

ナナちゃんだけが両手でかまえたスマホの液晶画面を真剣な表情で見つめながら、シャッターボタンを押した。

東急東横《とうきゅうとうよこ》線武蔵小杉《むさしこすぎ》駅近くにある、ナチュラというイタリアンの店だった。

ナナちゃんと二人で食事のつもりだったが、事務所を訪ねてきたナナちゃんは、なぜか森尾を伴っていた。森尾が言うには、ナナちゃんに誘われたらしい。人数は多いほうが楽しいだろうと森尾が言い出し、中本さんと峰岸さんも誘って、一緒に食事をすることになった。当初の予定では渋谷《しぶや》あたりを考えていたのだが、五人ともなると移動が面倒なので、事務所の最寄り駅の近くでいいじゃないかという話になり、中本さんがこの店を予約してくれたのだった。

「それにしても驚いたな。中本さんが、あの女の子、こっち見てない？　って言うから見てみたら、ナナちゃんがいるんだもの」

僕はジョッキをテーブルに置いた。

「ナナちゃんが、せっかくだから職場まで行って驚かせてやろうって言うからさ」

「作戦成功だね」

森尾とナナちゃんが笑い合う。

「ことここは、同級生だっけ」

中本さんがジョッキを持った手で僕と森尾を示す。

「そうです」僕が頷《うなず》き、森尾が付け加える。

「高校からの親友」

「ってか、高校時代はそんなにつるんでたわけじゃないよね」

仲が悪いというわけではなかったが、特別親しかったわけでもない。放課後にはそれぞれ別の友人と過ごしていた。

「まあな。親友になったのは、大学からか。入学式でおまえから声をかけてきたんだよな。も、も、森尾くんもこの大学なんだね」

　後半は僕のものまねのつもりらしいが、デフォルメに悪意を感じざるをえない。

「そんなにキョドってないだろう」

「でもこんな感じだったぜ。捨て犬みたいな不安そうな目をしちゃってさ」

　ほかのみんながどっと沸《わ》いて、恥ずかしくなる。

「だって田舎から上京してきたばっかで、友達も一人もいなかったし」

「たしかにそんなときに高校の同級生を見つけたら、嬉しくなるよな。おれも地方出身だからわかる」

　中本さんがうんうんと頷く。

「中本さん、ご出身は東北のほうでしたっけ」

　峰岸さんはそれほど強くないのか、すでに頬がほんのりと赤い。

「そうそう。秋田。峰岸ちゃんはたしか――」

「福岡です」

「福岡か。いいところだな」

「おれとこいつは新潟です」

　森尾が僕を指差しながら言うと、中本さんがきょとんとした顔をした。

「訊いてないけど」

「そんな悲しいこと言わないでくださいよぉ」

「ってことは私だけなんだ。東京出身は」

ナナちゃんは仲間はずれにされて、少し寂しそうだ。

「東京のどこ？」僕は訊いた。

「いまは町田《まちだ》だけど、出身は池袋《いけぶくろ》」

「池袋？　埼玉じゃん」森尾が真顔で言う。

「なにそれー」

口を尖《とが》らせるナナちゃんに、中本さんが追い打ちをかける。

「町田は神奈川だしな。東京人のふりして、埼玉生まれの神奈川在住じゃないか」

「ひどぉい！　池袋も町田も東京だし！」

料理が何皿か運ばれてきて、会話が中断した。

「で、話を戻すと、ここことここは元同級生」

中本さんが僕と森尾をフライドポテトで指す。

「ナナちゃんはどういうつながりなの。大学生って……言ってたよね」

「そうです。いま三年生」

そう言ってナナちゃんが告げたのは、名門として知られる女子大の名前だった。大学名を聞いて、どうしてそんな子が森尾や僕と知り合ったのか余計に疑問が深まったらしい。

中本さんはしきりに首をひねっていた。

そこで森尾が三日前の話をすると、中本さんと峰岸さんは驚いた様子だった。

「つまりナンパしたってことだ」

中本さんが興味深そうに唇をすぼめる。

「平たく言うとそういうことですね。ナンパされちゃいました」

ナナちゃんはあっけらかんと答えた。

「やるじゃん、伊東くん。ちょっと見直した」

中本さんから二の腕を叩かれ、僕はぎこちなく笑う。

「声をかけたのは僕じゃないですし。それに結局こいつがここにいるってことは、僕は出しにされただけじゃないですか」

僕が森尾を顎でしゃくると、「そうか」と中本さんは納得したようだ。

「駄目じゃないか。伊東くんの彼女を世話してあげるって建前でナナちゃんに声をかけたのに、肝心のデートに森尾くんがついてきちゃ」

「中本さん。恋愛ってのは弱肉強食、ルール無用のゲームなんですよ。利用できるものは親友だって利用するんです」

ひっひっひっと森尾が芝居がかった笑みを浮かべる。

「ほらね。こいつってこういうやつなんですよ」

僕があきれたように言い、ほかのみんなが笑った。

――デートしてみよっか。

一樂一縁でナナちゃんからそう言われたとき、僕は不覚にもときめいてしまった。二人きりのデートだと思い、今日も一日そわそわと落ち着かなかった。そしてふと考えた。どうして僕は、こんなに浮き足立っているのだろう。本当に恋人なんていらないと思っているのだろうか。自分の時間を誰かのために犠牲にしたくないと思っていたが、結局のところ、犠牲に見合う魅力を持った女性と出会っていないだけじゃないのか。アイデンティティーが揺《ゆ》らぎまくった。だからナナちゃんが森尾を伴って現れたときには、少し落胆したし、同時に大きく安堵した。いろいろと先走って悩むまでもなかったのだ。ナナちゃんの用いた「デート」という単語に惑《まど》わされたが、ようするに友達になってもいいよ、という程度のニュアンスだったのだろう。

「佑子ちゃんはどうなの？　いま、彼氏とかいるの」

ナナちゃんが突然投げ込んだ剛速球に、峰岸さんは少したじろいだ様子だった。

「そういえば、こんなふうにゆっくり峰岸さんと話したことないな」

中本さんが空いたジョッキを店員のほうに掲げながら言う。

「そうですね。初めてかもしれません」

「半年ぐらい経つっけ。うちで働き始めてから」

「来月で半年になります」

「もう慣れましたか」

僕の質問には、満面の笑みが返ってきた。

「おかげさまで」

だが、すぐに笑顔が翳《かげ》る。

「伊東さんにはいつもご迷惑をおかけしてしまって、すみません」

「いいんですよ。ぜんぜん気にしないでください」

僕が手を振っても、すぐに笑顔は戻らない。

「でも、今日だって私のミスなのに……」

「ぶっちゃけ、ミスの内容は関係ないんだ。所長はたんに伊東くんを目の敵にしていて、なにかといちゃもんをつけて伊東くんをいじめたいだけなの。だから峰岸ちゃんが悪いんじゃないよ。気にすることはない」

中本さんが新しくサーブされたジョッキを受け取りながら、肩をすくめる。

そんなことはどうでもいいという感じに、ナナちゃんが割って入る。

「ねえ、佑子ちゃん。彼氏いるの？　いないの？」

すねたような口調に、峰岸さんが気圧《けお》された様子でかぶりを振った。

「……いない」

ナナちゃんが意外そうに、自分の口を手で覆《おお》う。

「嘘《うそ》。なんで。超綺麗《きれい》なのに」

ねえ、と同意を求められ、僕は慌てて頷いた。

「で、でも、仕事も忙しいだろうし、彼氏とかいらないって時期もあるんじゃないかな」

自分の立場を投影した意見は、「んなわけないだろ」と恋愛至上主義者の同級生に却下される。

「どうして。めちゃめちゃ意外なんだけど。いつからいないの」

「一年……ぐらいかな」

するとおもむろに、森尾が僕の肩に手を置いた。

「こいつなんてどうですか」

「おい、森尾。なに言い出すんだ」

僕の抗議を無視して、森尾は続ける。

「なかなかぱっと見でこいつを好きになるってことはないかもしれないけど、嚙《か》めば嚙むほど味の出る、スルメみたいなやつなんですよ。なにしろ本当にいいやつで、他人に嘘をつかないし裏切らない。恋愛するならちょっと物足りないかもしれないけど、結婚相手としては申し分ないと思うんだけど」

峰岸さんはどう反応すればいいのか困っている様子で、もじもじとしている。

「やめろって。峰岸さん、困ってるじゃないか」

僕の言葉に、峰岸さんが慌てた様子で手を振る。

「そ、そんなことないです」

「そんなことないって」

そう言ってこちらを見る森尾の目は、逆《さか》さ三日月になっていた。

「うるさいな。無理やりくっつけようとするなよ」

そもそも今日は、僕とナナちゃんのデートのはずだったのに、なんだこの展開は。

「無理やりってわけじゃないぞ。きちんとおまえのことを峰岸さんにプレゼンして、彼女の返事を待ってる。どうですか、峰岸さん。こいつ」

僕を指差す人差し指を摑んでおろした。

「いい加減にしろ。怒るぞ」

僕がむっとした顔で怒りを顕《あら》わにすると、森尾は両手を上げた。

「おまえのためを思ってやってるのに」

「勝手なことするな」

「こうでもしないと自分からは動かないじゃないか、おまえの場合は」

さすがに長い付き合いだ。森尾の指摘はまったく正しい。

「で、どうですか、峰岸さん。こいつ」

「えっ……と」

峰岸さんが視線を泳がせる。

彼女の唇から言葉が発せられる気配を感じて、僕は大きく息を吸い込んだ。実際に付き合うかどうかは別にして、男性として自分がどう評価されるのかという点には大いに興味があるし、聞くのが恐ろしくもある。

だが言葉を発したのは峰岸さんではなく、中本さんだった。

「まだまだ色恋にうつつを抜かしていられる立場じゃないよな、伊東くんは。早いとこ試験に受かって、いまの職場を抜け出さないと」

「そうですね」

なかば安堵し、なかば拍子抜けする思いだった。

ナナちゃんが自分の胸に手をあてる。

「じゃあ佑子ちゃんには、ナナが誰か紹介してあげる」

峰岸さんは虚を突かれたように顔を上げた。

「いいよ。そんな」

「えーっ、どうして？　かっこいい男の子、何人か紹介できるよ。佑子ちゃん綺麗だから、男の子のほうも気に入ってくれると思う」

「いい。いい」

峰岸さんはばたばたと両手を振り続ける。

ナナちゃんはなにかに気づいたような顔になった。

「もしかして、好きな人いるの」

峰岸さんは顔を真っ赤にしてうつむく。

なあんだ、と、僕は内心複雑な気持ちになった。峰岸さんにはちゃんと好きな人がいるのだ。僕の入り込む隙なんてなかった。入り込むつもりなんて、最初からないけど。

「こんな手のかかる奥手な連中は置いといて、おれにかわいい子紹介してよ」

森尾が手を上げて立候補すると、ナナちゃんが顔をしかめた。

「えーっ、嫌だよ」

「自分的に無理な相手を、友達に紹介できないもの」

森尾が絶句する。

「きっついなー。何重にもショックなんだけど」

「だって、思わせぶりなこと言ったら悪いし。ごめんね」

ナナちゃんがいたずらっぽく肩をすくめ、森尾ががっくりとうなだれた。

「どうして？」

4

靴を脱いで部屋に上がり、ベッドに仰向《あおむ》けになった。

天井が動いているような錯覚に襲われ、酔っているのだと自覚する。

JR大森《おおもり》駅から徒歩十二分の自宅アパートには、三年前から住んでいる。六畳のワンルームにはシングルベッドとデスク、三十二型のテレビ。そして脱ぎ捨てた衣類が、フローリングの隙間を埋めるように散らばっていた。自炊をする気力も時間もないので、狭いキッチンは綺麗なものだ。

起きて勉強しなければと、最初は義務感に駆《か》られていたものの、途中から今日ぐらいはいいかと開き直った。心地よい微睡《まどろ》みに身を委《ゆだ》ね、今日の出来事を反芻《はんすう》する。このところ職場と自宅を往復するだけの毎日だったので、どこか現実感が薄い。まったくつながりのない不思議な面子《メンツ》というのも、現実感の薄さの一因かもしれなかった。どうなることかと思ったが、最後には全員が打ち解け、楽しんでいたように見えた。僕も楽しかった。森尾は帰り際、「またこの五人で集まりましょう」としきりに繰り返していた。

それにしても馬鹿だったなと、僕は一人赤面する。

てっきりナナちゃんと二人きりのデートだと思い、一日落ち着かない心境で過ごした。冷静に考えてみれば、出会ったばかりの得体の知れない男と、二人きりで会うわけがない。それに値するほどの魅力も、行動力もないのは自覚しているくせに、なにを一人で浮かれていたんだ。つくづく恥ずかしい。

「これで、よかったんじゃね？」

アルコールの匂いのする淡《あわ》い息とともに独りごちた。そう。これでよかった。知り合ったばかりの女の子と食事というだけでもこんなジェットコースターのような気持ちの浮き沈みを味わうというのに、誰かを本気で好きになってしまったら、それこそ本格的に勉強が手につかなくなる。

――公洋くんは、人にやさしすぎるよ。

ふいに鼓膜《こまく》の奥によみがえったのは、二年前に別れた恋人の声だった。

僕はもともと弁護士志望だった。大学も法学部だったし、大学を卒業してからは法科大学院に進んだ。真面目さと勤勉さは本来、美徳と捉《とら》えられる素養かもしれないけれど、肝心の司法試験に落ちてしまえば無能さの証明でしかない。僕は大学院修了後に受験した司法試験に落ちた。恋人の瑞穂は、その原因が自分にあると思ったようだった。受験勉強中でも、僕は瑞穂と過ごす時間を確保していた。その時間を勉強に充《あ》てれば、結果は違ったのではと考えたようだ。

そうではない。瑞穂と過ごすと決めたのも自分なのだから、責任は自分にある。そう言うと瑞穂は、いつもなぜかいっそう辛《つら》そうな顔になった。そして先ほどの言葉を口にしたのだ。その後しばらくして、ほかの人と付き合うことにしたから別れて欲しいと言ってきたのだった。

瑞穂はたぶん、僕を勉強に専念させるために僕のもとを離れた。そう考えるのは自分に酔いすぎだろうか。だけど彼女は「ほかの人と付き合うことにした」とは言ったが「ほかの人を好きになった」とも「あなたのことを嫌いになった」とも言わなかったのだ。いずれにせよ、僕は瑞穂に相応《ふさわ》しい男ではなかったと思う。彼女が離れていった後、司法試験に挑戦し続けようという根性もなく、さっさと諦めてスマイル法務事務所の求人に応募したのだから。しかも就職先の環境が悪いとみるや、今度は独立を目指して司法書士試験の勉強を始めるのだから、ヘタレと言われても反論できない。

働き始めてすぐに、度を超した長時間労働と所長のパワハラに後悔したが、それでも中本さんの助言に従って「ケツをまくらない」のは、ここで逃げたら決定的に自分を嫌いになってしまうような気がして、怖かったからだ。搾取《さくしゅ》されているのを自覚しながら、辞める勇気すらない。仕事の愚痴《ぐち》をこぼすと、森尾は「さっさと辞めちまえよ。あえてそんな過酷な環境に身を置く理由がわからない。そんなんだから、ブラック企業がなくならないんだ」とあきれたように言う。森尾の主張はまったく正しい。だがいま仕事を辞めてしまえば、僕にはなにもなくなる。せめて資格という武器が欲しい。いや、武器ではなく鎧《よろい》か。それがなければ、臆病者の僕には逃げ出す勇気すらない。

だからやっぱり、いま彼女はいらない。いま誰かと付き合っても、瑞穂と同じように辛い目に遭《あ》わせてしまう。

自分にそう言い聞かせ、延々と続く自問自答に終止符を打とうとしたそのとき、ナナちゃんの発した言葉が鼓膜の奥で響いた。

――だって、思わせぶりなこと言ったら悪いし。

ナナちゃんはそう言って、森尾に女友達を紹介するのを拒んだ。ずいぶんはっきりとした物言いをする子だと驚いたが、同時に、最初に出会ったときに発したあの言葉は、思わせぶりの極《きわ》みじゃなかったっけと、疑問が湧いた。

——いいよ。デートしてみよっか。

あんなことをさらりと言われて、いっさい期待をしない男がいるだろうか。とんだ小悪魔だと思ったたし、相手が僕だからだなんて思い上がるのはやめておけと、自分に言い聞かせてきたが、もしかしてあの発言は……。

「んなわけない。酔ってただけだろ」

いまとなっては覚えてもいないさ。

自分で自分にツッコミを入れ、枕に顔を埋《うず》めて悶絶《もんぜつ》する。一人でああでもないこうでもないと仮定の話ばかりで、なに一つ行動に移せない僕は、なんて情けない男なんだ。

ふと気づけば、眠りに落ちていた。

頭だけを起こして窓のほうを見ると、カーテンの合わせ目から日差しが差し込み、床に細長い日向《ひなた》を作っている。

「やべっ」

いったい何時間眠ったんだ。時刻を確認しようと、スマホを探す。

掛け布団を持ち上げて振ってみると、スマホがぽろりと落ちてきた。

液晶画面を確認する。

まだ七時過ぎだ。出勤前にシャワーを浴びる時間はじゅうぶんにある。

そのことに安堵するより前に、時刻の下の部分に表示されている通知が気になった。メッセージアプリの通知だ。『新着メッセージがあります』と表示されている。

メッセージを開いてみる。

『今日はありがとう。楽しかった。でも今度は二人で遊ぼうね』

ナナちゃんからだった。

短いメッセージを、何度も何度も読み返す。

「今度は、二人で……」

二人、二人、二人。しばらくうわごとのように繰り返した。

やっぱり思わせぶりじゃないか。

5

「ようし。ぼちぼち帰るか」

中本さんが鞄《かばん》を手に、自分の席から立ち上がる。

もうそんな時間か。僕は窓の外に目をやった。とっぷりと日の暮れた闇の中を、ヘッドライトが往来している。

「伊東くんは、まだ帰らないの」

すでにほかの所員は帰宅し、事務所には僕と中本さんだけになっている。

「僕はもう少し仕事を片付けていきます」

「そんなに根詰めなくてもいいと思うよ。真面目なのは伊東くんのいいところだけど、あんまり真面目すぎても、うちの所長みたいな悪人に利用されてこき使われるだけだぞ。給料に見合う労働を提供したら、後は適当にサボっておけばいいんだ」

「ええ。わかってます」僕は苦笑した。

「でも、今日はまだ峰岸さんが戻っていないんです」

「そうなのかい」中本さんはそのとき初めて気づいたようだった。

「峰岸ちゃん、どこ行ったの」

「厚木《あつぎ》です。僕が法務局での調査を頼んだので」

「何時に出て行ったっけ」

中本さんが腕時計に目をやり、眉《まゆ》をひそめる。

「たしか二時前くらいだったと思いますけど」

「ここから厚木の支局までドア・トゥー・ドアで一時間半ってところだよな。そもそも窓口が五時で閉まっちゃうから、調査の量にかかわらず五時には向こうを出るわけだ。ちょっと遅くないか」

「そう……ですね」

僕はスマホで時刻を確認した。すでに八時をまわっている。たしかに遅い。連絡したほうがいいだろうか。

だが中本さんは楽観的だった。

「どっかでメシでも食ってんのかもしれない。いいんじゃないか、ガキの使いじゃあるまいし、わざわざ峰岸ちゃんを待たないでも。帰るって一本連絡を入れておけば。彼女だって事務所の鍵、持ってるんだろ」

「そうですけど、僕が頼んだ仕事ですから」

「責任感強いな。頭が下がる」

そう言う中本さんは言葉とは裏腹に、ややあきれたようだった。

中本さんが僕の肩に手を置く。

「伊東くんはやさしいな。だけどやさしさって、ときに残酷《ざんこく》な刃《やいば》にもなるんだぜ」

なぜかその言葉自体が刃のように、ぐさりと突き刺さった。

中本さんはにっ、と笑う。

「なんちゃって。詩人だろ」

僕はとっさに笑顔を繕《つくろ》う。

「じゃあ、お先」

「お疲れさまです」

事務所を出て行く中本さんの姿が完全に見えなくなるのを待って、僕はスマホを取り出した。先ほど時刻を確認したときに、新着メッセージが届いているのは確認していた。

メッセージを開き、思わず笑みがこぼれる。

ナナちゃんからだった。

『大学の友達に聞いたけど、いまやってるこのアメコミ映画がおもしろいって』というメッセージと映画の公式ＨＰのＵＲＬが添付されていた。マーベルコミック原作のヒーロー物で、ほかの映画で主役をつとめるキャラクターが多数ゲスト出演する作品だ。

不思議な五人での飲み会から一週間。翌日から、僕はナナちゃんと一日三、四回ほどのメッセージのやりとりを続けている。

彼女はたこ焼きが好き。彼女はパクチーが嫌い。カメムシの臭いがするから。彼女は犬が好き。子供のころ、通学路途中の家で飼われていたチロという雑種犬に会うのが毎日の楽しみだった。いつか自分でも大きなゴールデンレトリバーを飼うのが夢。彼女は運動が苦手。でも走るのだけは得意で、小学校のときにリレーの選手に選ばれたことがある。彼女は読書が好き。読むのはもっぱらミステリー。彼女は小さいころにピアノを習わされていた。けれど本当は管楽器に憧《あこが》れていて、中高とブラスバンドだった。意外に家庭的で、作るのは和食。けれど外食では洋食派。彼女は雨の匂いが好き。だけど濡れるのは嫌い。彼女は早起きが苦手。彼女は映画が好き。監督や俳優には詳しくないけど。

僕の中のメモ帳にたくさんの「彼女」が書き込まれていく。まだ彼女の身近な友人などより、ぜんぜん彼女のことを知らないのだろうけれど、一枚ずつ薄皮を剝《は》ぐように彼女の人となりを知る過程は、とてもわくわくした。

いまは映画についての会話の途中だった。先ほどのメッセージは、僕が『忙しくて劇場から足が遠ざかっているけど、最近おもしろい映画やってるのかな』と送ったメッセージへの返信だ。昨日の午前中に送って、珍しく返信が遅いと思ったら、大学の友達に訊《たず》ねてくれたらしい。その友達に、僕のことは話したのだろうか。だとしたら、僕との関係をどう説明したのだろう。その友達というのは、男だろうか、女だろうか。アメコミ映画を薦めるということは、やっぱり男かな。

『その映画、一緒に観に行かない？』

何度か打ち込んでは消し、打ち込んでは消しを繰り返して、完成した文面がこれだった。

だが、送信ボタンをタップするのは躊躇《ちゅうちょ》した。これは紛《まぎ》れもなくデートの誘いではないか。いや、でも、前回だって僕はデートのつもりだった。結果的に五人の飲み会になっただけだ。彼女が森尾を誘って二人で来たのは、僕の職場を訪ねて驚かそうというだけでなく、二人きりで会わないようにするための予防線だったのではないか？　だけどその後、『今度は二人で遊ぼうね』というメッセージをもらっている。あれは鵜呑《うの》みにしてはいけないたぐいの、ただの社交辞令なのだろうか。

そもそも『二人で遊ぶ』という行為は、ナナちゃんにとってどれほどの意味を持つのだろう。平気で男友達と二人で飲み明かすような女の子もいれば、二人きりで会うことすら警戒する女の子もいる。ナナちゃんはどっちだ。もしも前者のタイプなら、僕があれこれ気を揉《も》むのも馬鹿らしいが、後者だとしたら、これは重要な意味を持つ申し出になる。だけどもし『二人で遊ぼうね』というメッセージ自体が社交辞令だったとしたら……僕は勘違いしたピエロだ。彼女は僕から距離を置くようになり、毎日のようにたわいのないメッセージを送り合ういまの関係も終わりになるかもしれない。だけどこの関係って、努力して維持しなければならないものだろうか。維持した先になにがある？　友情？　毎日のようにメッセージのやりとりはするけど、二人きりで会うことは遠慮しないといけない友情ってなんだろう？

　思考が迷宮に入り込んだそのとき、出入り口の扉が開き、峰岸さんの声がした。

「ただいま戻りました」

「おかえりなさい」

　とっさにスマホを下ろし、笑顔を作る。

　ちらりと視線を落として手もとを見ると、誤ってメッセージを送信してしまっていた。しかも即座に既読マークがついている。

「ああっ！」

「えっ。なに？　なんですか？」

　突然僕が大声を上げたので、峰岸さんは動転した様子だ。

「すみません。なんでもないです」

　送ってしまったものはどうしようもない。僕はスマホをポケットにしまった。

　峰岸さんはビニール袋を提げている。

「それ、どうしたんですか」

「シフォンケーキです。伊東さん、お腹空《す》かせてるだろうと思って、帰りにグランツリーで買ってきました」

グランツリーは武蔵小杉駅前にある巨大ショッピングモールだ。

「ありがとうございます。気を遣わなくてもいいのに」

お腹が空いているのは事実だけど、本当に気を遣うのなら、寄り道せずに早く帰ってきて僕を早く帰らせて欲しいのだけど。

だが厚意からの行動に、文句なんて言えない。

「コーヒー、淹《い》れますね」

「いいですよ。そこまでしてもらわなくても」

そんなことをされたらまた帰宅が遅れる。

「でもシフォンケーキなんて、飲み物ないと食べられないでしょう」

峰岸さんは鼻歌を歌いながら給湯室へと消えた。

やれやれ。これでまた少し帰宅が遅れたか。

スマホを取り出して確認したが、ナナちゃんからの返信はまだだ。いっそ、いまのメッセージは別人に送るつもりだったとか、一時の気の迷いだったとか理由をつけて、忘れてもらおうか。いや、そんなのは余計に見苦しい。おとなしく返事を待つのが考えうる最善の策だ。

だが既読がついただけで返信はないまま、僕は峰岸さんとシフォンケーキを食べることになった。

「うん。美味しい」

シフォンケーキを頬張った峰岸さんが、幸せそうに目を細める。

僕もフォークでシフォンケーキをすくい、口に運んだ。

「美味しいです」

「でしょう？　ここのシフォンケーキ美味しいから、一度伊東さんに食べさせたかったんです」

「僕に？」

きょとんとなった。甘いものが好きだなどと、峰岸さんに伝えたことがあったっけ。

「別に深い意味はないんですよ。美味しいから」

峰岸さんは手をひらひらとさせ、コーヒーカップを持ち上げる。

なぜ美味しいと思ったものを僕に食べさせたいと思うのか。さっぱり理解できなかったが、峰岸さんはなんとなく解決したような雰囲気なので、それ以上の追及はやめた。

「今日も遅くなってすみませんでした。私の帰りを待っていてくれて、ありがとうございます」

「いえ。僕が頼んだ仕事ですし」

謝るぐらいなら、早く帰ってきてくれればいいのに。

「伊東さんにはいつもご迷惑をかけてばかりで、感謝してもしきれません」

「気にすることはありませんよ。僕のほうこそ、いつも助けられてばかりで感謝していま
す」

「やさしいんですね」

「いえ。別にそんな……普通だと思いますけど」

なんだか照れ臭くて、僕は自分の後頭部をかいた。

「やさしいです、伊東さんは」

峰岸さんが強い口調で言って、寂しげに目を伏せる。

「普通はそんなにやさしくないですよ、男の人って」

思い詰めたような口調に、にわかに空気が湿《しめ》っぽくなった。

なにか雰囲気を変えるような話題を。そう思って話題を探してみるが、すぐに見つけら
れるほど僕は会話が上手くない。

先に口を開いたのは、峰岸さんのほうだった。

「私、不倫してたんです」

どうしてそんな話を？

僕は困惑しながら、途中で止めたシフォンケーキのフォークを、皿に戻すべきか、口に運ぶべきかを考える。

結局、皿に戻した。たぶん重大な告白をされている。そんなときにシフォンケーキを頬張っていては、失礼になる気がした。

「それ、いまじゃないですよね？」

真っ先に浮かんだのが所長の顔だった。

飲み会のとき、ナナちゃんの質問攻めに、恋人はいないけど好きな人はいると答えていた気がする。あのとき答えにくそうにしていたのは、もしかして相手が僕らの知っている人物だからではないか。そうは思ったけれど、僕にはこういう話題にどう踏み込んでいいものか、方法も加減もわからない。

峰岸さんがかぶりを振った。

「違います。もっと前の、もう六年以上も前に終わった話です」

「そうなんですね」

なんだ。そんなわけないか。

峰岸さんが自嘲《じちょう》気味に笑う。

「彼は私が新卒で入った会社の上司でした。仕事ができていつも私のフォローにまわってくれる頼りがいのある姿に、私はいつの間にか惹《ひ》かれていました。彼も最初は、奥さんと別れて私と一緒になるって言ってくれたんです。でも、そんな約束、守られるはずがありませんよね。彼にはすごくかわいがってる娘さんもいたのに。たしか当時中学生ぐらいじゃなかったかな。不倫の事実が奥さんに知られてからは、奥さんから嫌がらせをされるようになって、職場にまで噂《うわさ》を広められてしまったんです。やさしかった彼の態度も豹変《ひょうへん》して、すごく冷たくなって……最後には部長に呼び出されて、自主退職を迫られました」

「それは、ひどい」

民法に照らせば、不倫相手の妻は、夫の不貞行為の原因を作った峰岸さんに慰謝料を請求できる。だが職まで奪うのはやりすぎだ。

「ナナちゃんが私に男の子を紹介してくれるって言ったでしょう。ナナちゃんの気持ちは嬉しかったけど、私、どうしても男の人を信用できない部分があって。あまり人と深く接するのも怖いから、その会社を辞めて以来、ずっとアルバイトやパートを続けているんです」

「そうだったんですね」

不倫で受けた傷がいまでも癒えていないのか。僕と一歳しか違わないのに、いろんな人生があるものだな。

「でも、伊東さんは信用していい気がする。上《うわ》っ面《つら》じゃなくて、本当にやさしい人なんだと思えます」

「いや。そう言ってもらえるのは嬉しいですけど、買いかぶりです」

僕は苦笑しながら手を振った。買いかぶりだし、正直、ちょっと重い。だいいち、彼女には好きな人がいるはずじゃ……。

だが峰岸さんはかぶりを振る。

「ううん。そんなことはありません。伊東さんはやさしい人です。これまでに何度も私を助けてくれたし、かばってくれた。私、信用してるんです。この人は裏切らないって」

言葉に妙な圧力を感じて、頬が強張《こわば》る。

「ありがとうございます。新しい恋が実るといいですね」

すると峰岸さんの表情が、ぱっと明るくなった。

「本当にそう思ってくださってるんですか」

「もちろんです。同僚の幸せを祈るのは当然です。応援しますよ」

なんだかおかしな雲行きを感じて「同僚」という言葉を強調してみたのだが、あまり意味はなかったようだ。

「嬉しい。ありがとうございます。公洋さんが、そんなふうに私のことを思っていてくださったなんて」

そんなふうにって、どんなふうに？

っていうか、いま僕、下の名前で呼ばれたよな？

どういう心境かわからないけど、聞かなかったことにしよう。

僕は早くシフォンケーキを食べ終えて帰ろうと、フォークを動かした。

そして最後の一切れを口に入れたそのとき、峰岸さんが「あっ」となにかを思い出したように、顔の前で両手を合わせた。

「どうしました？」

「たいしたことじゃないんですけど……」

席を立った峰岸さんが、自分のバッグを探る。

なにかのチケットのようなものを取り出し、僕に差し出した。

「なんですか、これ」

「たまたま手に入ったんです。映画の前売り券。いつもお世話になっているお礼というか、ご迷惑をおかけしているお詫《わ》びというか、よかったら……一緒に行きませんか」

券面を覗き込んで、ぎょっとした。

前売り券は、先ほど僕がナナちゃんを誘った映画のものだった。

6

電話口に引きつけを起こしたような笑い声が響く。

僕はスマホを顔から離し、しばらく森尾の笑いが収まるのを待った。

テレビの音声が耳障《みみざわ》りだったのでリモコンで電源を切り、ベッドにあぐらをかいて座り直す。

笑い声が聞こえなくなったので、ふたたびスマホを耳にあてた。

「いやーすまんすまん。ちょっとウケちゃった」

「ちょっとじゃない。笑いすぎだ」

「でもよかったんじゃね。安心したよ。ついにおまえにもモテ期到来じゃん」

「モテてるかどうかは……」

「それでモテてないなんて言ったら、本当にモテてないやつに刺されても文句言えないぞ」

そうかもしれないけど。

「でも、僕はいま恋人を作る気はないんだ」

「じゃあいつ作るんだよ」

「それは、司法書士の資格が取れて、独り立ちできたら」

「なにをもって独り立ちって言うんだ」

「そりゃあ、事務所をかまえたときじゃないか」

「おれはよく知らないけど、司法書士ってそんなに簡単に開業できて、すぐに客が殺到してウハウハになるような仕事なのか」

「そんな簡単にいくわけないだろ」

「それならおまえは、かりに資格を取ったとしても、そしてかりに開業できたとしても、いまはまだ仕事が軌道《きどう》に乗ってないからとかなんとか言い訳して、まだ彼女はいらないって言うに違いない」

断言されて、うっ、と呻《うめ》きが漏《も》れる。さすがに長い付き合いだ。痛いところを突いてくる。否定できない。

「おまえが彼女欲しいと思うタイミングが五年先なのか十年先なのか知らないけど、そのときにおまえと付き合いたいって言ってくれる女がいるっていう前提は、傲慢《ごうまん》じゃないか。おまえが気に入った女に自分からガンガン行けるタイプなら、まあそれもアリかなって思うけど、もしそうなら、そもそもいまこんなにくよくよしてないよな」

よくもまあ、これほど的確に急所ばかりを狙《ねら》えるものだ。

僕は負け惜しみを吐くしかない。

「いまだって、付き合うとか付き合わないの話にはなってないし、いろいろ気を揉むような段階じゃないよ」

「そう考えることで気楽に女の子と遊びに行けるなら、それでいいと思うけど」

「なんか……含みのある言い方だな」

「だってコーヨーがそんな気軽に女の子と遊びに行けるようなやつなら、わざわざおれに電話してきたりはしないだろうから」

指摘が真っ当すぎてぐうの音《ね》も出ない。

森尾がふっ、と笑う。

「しかし、よりにもよって同じ映画だとは」

そう。峰岸さんの誘いを断り切れずに承諾した後、帰りの電車の中でナナちゃんからのメールを受信した。『やったー！　行こう！』というこの上なく軽い文面だった。僕はよくわからない高揚と胸騒ぎを覚えて、森尾に至急話をしたいというメッセージを送ったのだった。

「行けばいいじゃないか。さすがに自分だけ先に観ちゃったって申告するのは後から一緒に行くほうに失礼な気がするから、二回目だってことは黙っておいたほうがいいと思うけど」

「いいのかな、それで」

「あのな、コーヨー。小学生じゃないんだぜ。なんでも正直に話すことが、絶対的な美徳ってわけじゃない。嘘も方便って言葉だってあるだろ」

「うん。それはわかってるけど」

「なんか、なにが気になってるんだ」

「なんか、説明するのが難しいんだけど……」

なんと言えばいいのだろう。もやもやする。

「このまま進んでいいのかなって。ナナちゃんを誘っちゃったし、峰岸さんの誘いを断り切れなかったし」

「いいんじゃないの」

だんだん面倒くさくなってきたのか、少し投げやりな返事だった。

「そんな適当に返事するなよ」

「物事をおおげさに捉えすぎなんだ、おまえは。たかだか女と映画に行くぐらいで、二十八にもなってなにを大騒ぎしてる。二股でもかけてるつもりか。おまえはまだどっちの女とも付き合ってないし、そもそも相手の女がおまえのことを好きかどうかすらわからない。そんな状況で、女の子に申し訳ないと思うこと自体が、自意識過剰なんだ。ナナちゃんも佑子ちゃんも、おまえが考えるほど、映画に行くことを重く捉えてないかもしれないんだぞ」

「そうかな」

「そうだよ。じゃあ一つ訊くけど、ナナちゃんがおまえと映画を観に行った翌週に、別の男と別の映画を観に行く。それを知って、おまえはどう思う」

「映画ぐらいなら、どうも思わない」

たぶん。いや、本当はよくわからない。僕は恋愛から遠ざかりすぎたのかもしれない。

「ほらな」だが森尾は得意げだった。

「おまえがそう思ってるなら、相手だってそう思ってる。まだまだ嫉妬《しっと》するような関係でもないから、好きにやればいいじゃないか。だいたい、まわりの女がみんなおまえに夢中になるとでも思ってんのか、その顔で」

「顔のことは余計じゃないか」

抗議しながらも、気持ちがふっと楽になった。たしかに自意識過剰だったかもしれない。

「わかった。行ってくる」

「ああ。そうしろ。こんだけ相談に乗ってやったんだから、後で報告しろよな」

「了解」

「じゃあな」と声が遠ざかりかけるのを、「森尾」と呼び戻した。

「なんだ」

「その……おまえ的には平気なのか。僕が、ナナちゃんと仲良くしても」

つかの間の沈黙の後、森尾が言う。

「物事をおおげさに捉えすぎだ」

不敵な笑い声とともに、電話は切れた。

7

五日後。

スクランブル交差点を渡ってＳＨＩＢＵＹＡ　ＴＳＵＴＡＹＡに入ってほどなく、売場に立ち尽くすナナちゃんを発見した。ジーンズに光沢《こうたく》の強いダウンジャケットを合わせ、ポンポンのついたニットキャップをかぶるという、相変わらず若さ溢《あふ》れるコーディネートに、思わずひるんでしまう。僕はチノパンにテーラードジャケットという、休日のサラリーマンの定番ファッションだ。

ナナちゃんはヘッドフォンを装着し、音に耳を澄《す》ますように真剣な表情をしていた。どうやらCDを試聴しているらしい。遠巻きにしながら売場を歩き、ナナちゃんの背後に回り込んだ。誰か知らないがアーティストのアルバムが発売になったばかりらしく、特設コーナーが派手なパネルとPOPで飾られている。試聴機は二台設置されていて、そのうちの一台の前に、ナナちゃんの背中があった。もう一台の前では若いカップルが、ヘッドフォンを貸し借りしながら試聴している。

ほどなくカップルが立ち去った。ちょっとしたいたずら心が湧《わ》いて、僕はカップルのいた試聴機の前に立った。

ヘッドフォンを装着するふりをしながら、ちらちらとナナちゃんに視線を向けてみる。ナナちゃんはゆったりと頷くような感じでリズムに乗りながら、音楽に聴き入っていた。僕にはまったく気づかない。僕は、ときおり瞬きするまつげがとても長いことに気づく。もともと長いのか、化粧のおかげなのかはわからない。

彼女のまつげはとても長い。僕の中のメモ帳に新たな「彼女」が書き込まれ、同時に、胸の奥がきゅうと絞《し》めつけられる。

　ヘッドフォンを手にしたまましばらく横顔を見つめていると、ナナちゃんがちらりとこちらを一瞥《いちべつ》した。この人、どうして私のことをじっと見てるんだ、気味が悪いな、という感じの迷惑そうな目つきで。

　しかし、すぐに驚いた顔でこちらを二度見する。ナナちゃんは素早くヘッドフォンを外しながら、自分の胸に手をあてた。

「びっくりした」

「そんなに驚かなくても」

　などと言いつつ、ナナちゃんの反応に満足な僕だ。

「でも、待ち合わせまで、まだ三十分ぐらいあるのに」

　家でただ待機しているのもなんだか落ち着かなくて、早めに出てきてしまったのだ。そうしたら、ナナちゃんがすでに来ていた。もしかして、ナナちゃんも同じ気持ちだったのだろうか。さすがに自意識過剰か。

「なにを聴いてたの。バンド?」

　FUNKIST――ファンキストと読むのだろうか。試聴機を飾るパネルには、ポーズを取る男性四人組の写真があしらわれていた。

「ううん。よく知らない。この人たち、バンドなのかな。たまたまあったから時間潰《つぶ》しに聴いてみただけ」

ナナちゃんはそっけなくヘッドフォンをホルダーにかけ、「行こう」と歩き出した。

ナナちゃんを追いかけ、隣に並ぶ。

「映画は何時から？」

ナナちゃんが僕を見上げる。

「三時半の回。ネットで予約しといたから、直前に行けば大丈夫だよ」

こうして並んで歩いてみると、彼女は意外に小柄だ。僕はメモ帳に書き込む。

「席はどのへんを取ったの」

「一番後ろの列の真ん中」

「いいね、コーヨーくん。わかってる。私が一人で観るときもいつも後ろのほう」

「一人で映画館なんか行くの」

いつも友達に囲まれている印象だったので意外だった。メモ帳に書き込むべき新事実か。

するとナナちゃんはぺろりと舌を出した。

「ごめん、盛った。一人映画デビューしてみようと思って、この前一回だけ一人で行ってみたんだ」

「一回だけ？」

「そう。一回」

一人映画館の趣味は、まだメモ帳に書き込むには早そうだ。

上映まで間があるので、カフェで少し時間を潰そうという話になった。

「それにしても、渋谷はやっぱり人が多いね」

前のほうから押し寄せてくる人波を避けようとしてナナちゃんとはぐれそうになり、慌てて走って追いかける。

「あんまり渋谷、来ないの？」

「大学のとき以来。サークルの飲み会が渋谷だった」

「それって何年前？」

「七、八年かな」

言いながら、それがそのまま僕とナナちゃんの年齢差なのだと気づく。端《はた》から見たら、僕らはちゃんと釣り合いが取れているだろうか。さすがに親子はないだろうが、援助交際とかワケあり年齢差カップルみたいに見られていたら嫌だな。

「じゃあもしかして、東横線のホームが地下になってからは初めて？」

「そう。驚いた。地上に出てくるまでかなり時間がかかるようになったね。あれ、ちょっと不便じゃない？」

「私の友達でも、通学に東横使ってる子はみんなそう言ってる」

ナナちゃんが入っていったのは、スクランブル交差点に面したロクシタンカフェという店だった。女性客が多く、おしゃれですごく良い匂いがして、ちょっと気後《きおく》れする雰囲気だ。

先客が数組待っており、十五分近く待った後で、スクランブル交差点を見下ろすカウンター席に通された。ちょうど席についたタイミングで歩行者用信号が青になったらしく、人々がわらわらと横断歩道上に溢れる。

「うわー。あらためて見るとすごい人」

僕が口笛を吹く真似《まね》をすると、ナナちゃんが言った。

「まるでゴミのようだ」

一瞬、意外に口が悪い子だなと頬が強張ったが、すぐに気づいた。

「『ラピュタ』か」

映画『天空の城ラピュタ』で悪役のムスカ大佐が口にした有名な台詞《せりふ》「見ろ。人がゴミのようだ」を真似たのか。

「よかった。気づいてくれた」

ナナちゃんが嬉しそうに笑う。

「いや、一瞬、この子やばいなって思っちゃったけど」

「だよね。いますごい顔したよね。私、やっちゃったかなって思った」

二人で笑い合った。

「宮崎《みやざき》アニメ、好きなんだ」

「好き。っていうか、嫌いな人なんかいるの」

ナナちゃんは宮崎アニメが好き。メモ帳に書き留める。

「僕は好きだけど、中にはいるんじゃないの」

などと言ってみるが、実際に僕が観たことのある宮崎アニメは『ラピュタ』だけ——とは、いまさら言えない雰囲気だ。

「宮崎アニメではどれが好き？」

ほら、嘘なんてつくものじゃない。

「そうだなあ」

しばらく考え込んでしまった。

「『トトロ』、かな」

　これならなんとなく知っている。トトロ、ネコバス、あとなんだっけ、あの黒くてモフモフした生き物は。

「嘘！」

　ナナちゃんがあまりに驚くので、ちょっと子供っぽいチョイス過ぎたのかと思った。

　だがナナちゃんは自分を指差して言った。

「私も！　私も『トトロ』が大好き！　ぬいぐるみも持ってた！」

「本当に？」

「うん。すごい偶然じゃない？　二人とも『トトロ』が好きなんて」

「そうかな」

　あれだけ人気のある国民的アニメだから、そんなたいした確率でもないと思うけど。そもそも本当は、『トトロ』観たことないし。とにかく今日は帰りにレンタルショップに寄って『トトロ』のＤＶＤを借りよう。

　店員が注文を取りに来たので、僕はコーヒー、彼女はローズティーを注文する。

　注文を取り終えた店員が立ち去った後、僕は小声で言った。

「ここ、けっこうするね。高くない？」

　メニューを見ると、ドリンクだけで千円近い。

「でもこの店はポットで出てくるから、二杯は飲めるよ」

「そうか」

二杯飲めるということは、一杯あたりの金額は半分になる。それなら妥当か。納得すると同時に、もう一つの事実に気づいた。

「えっ。ちょっと待って。映画が始まるまであと二十分ぐらいしかないのに」

注文の品が出てくるまでに何分かかるのかはわからないが、店内には客がごった返している。すぐには出てこないんじゃないか。とても二杯は飲み干せそうにない。

案の定、コーヒーとローズティーのポットが僕らの前に並ぶころには、上映開始まで残り十分になっていた。

とりあえず一杯は飲んだが、立て続けに二杯はやはり苦しい。

「残して出ようか」

僕の提案にかぶりを振って、ナナちゃんはポットからカップにローズティーを注ぐ。

「駄目だよ。残して出たら一杯あたり九百いくらだけど、ぜんぶ飲んだら一杯四百いくらになるんだよ」

慌ただしくカップに口をつけるが、ナナちゃんはどうも猫舌らしく、熱そうな顔で唇を引いている。それでも果敢に挑戦する姿がかわいくて笑っていると、ナナちゃんに叱《しか》られた。

「笑ってないで、コーヨーくんも早く飲んで！」

「わ、わかった」

急いでカップを空けて、店を出る。

すでに上映開始まで残り五分だ。

店を出て、人波をかき分けながら進む。

「たぶん予告が十分とか十五分とかあるから、予告編の途中からでも――」

僕が提示した妥協案は、「駄目っ」と、即座に却下された。

「予告編からが映画でしょ！」

気持ちはわかるけど、なにせこの人混みだ。直線距離ではそう遠くないはずだが、なかなか前に進めない。

そう思うのは、どうやら僕だけのようだ。ナナちゃんは人混みをするするとすり抜けるようにして進む。追いかける僕とナナちゃんの間に一人、また一人と割り込んできて、じりじりと引き離される。

ようやくナナちゃんが背後を振り返ったときには、僕らは五メートル近くも離れていた。

そのときだった。

引き返してきたナナちゃんの左手が、僕の右手首を摑んだ。

えっ……。

思いがけない出来事に固まった僕を、ナナちゃんが叱咤《しった》する。

「早く！」

手首をぐいっと強く引かれ、僕はつんのめるように前に進んだ。僕の手首から離れたナナちゃんの手の指が、探るように僕の手の平の上を動く。そして僕の手の平にナナちゃんの手の平が重なり、手と手が結ばれた。その瞬間、全身を電流が走った。

ナナちゃんは僕の手を引き、すいすいと人波を縫って行く。ナナちゃんの辿《たど》った後を追えば、僕もすんなり進むことができた。ナナちゃんの速さを小柄な体格のおかげだとばかり思っていたが、どうやら違う。僕は、人混みを歩くのが致命的に下手くそらしい。

映画館に入り、発券機で予約したチケットを発券する。ゲートを通過して劇場に入り、先に席についていたお客さんの前をすいませんすいませんと横切って座席についた。

ほぼ同時に、予告編が始まる。

本当に間に合った。

信じられない思いで隣を見ると、ナナちゃんもこちらを見ていた。笑っていた。僕も笑った。僕は予告編を見る間、噴《ふ》き出す汗を何度も拭《ぬぐ》った。

映画は評判通りのおもしろさだった。ただアメコミ映画なのでデート向きではないし、女の子が楽しめる内容だったかは自信がない。ちらちらと横目で様子をうかがう限りでは、ナナちゃんも退屈してはいなかったようだが。

エンドロールが終わり、場内に照明が灯《とも》る。

観客がいっせいに帰り支度を始めて騒々しくなった客席で、ナナちゃんは座席に座ったまま興奮気味に言った。

「おもしろかったね」

脱いだダウンジャケットを両手で抱き締《し》めながら、色素の薄い瞳が上目遣《うわめづか》いに僕を見上げている。同じものを観て同じように感じてくれたんだと思うと、なんだか胸がいっぱいになった。

映画館を出て、渋谷駅に向かって歩き始める。ちょうど太陽が沈みかけの時間で、空がやけに赤く染まっていた。

ふいにナナちゃんがこちらを振り向いた。

「ごめんね」

「えっ。なにが？」

「映画の前に走らせちゃったから」

両手を振って走るジェスチャーをしながら微笑《ほほえ》む。

「ぜんぜん。日ごろの運動不足解消にちょうどよかった。間に合ったしね」

「ね。ちゃんと間に合ったでしょう」

ナナちゃんが誇《ほこ》らしげに両こぶしを腰にあてた。

「コーヨーくん、諦めが早い。ドリンクを残して出ようとか、予告編は諦めようとか言ってたもんね。でも諦めなかったらぜんぶできるんだから。欲しいものは欲しいって口に出さなきゃ」

諦めが早い。たしかにその通りだ。僕は諦めが早い。諦めなかったら、もっといろんなものが手に入ったのだろうか。失わずに済んだのだろうか。

ふと、思い出し笑いをした僕を、ナナちゃんが覗き込む。

「どうしたの」

「ナナちゃんのあの言葉、思い出しちゃった。予告編からが映画でしょ」

毅然《きぜん》とした口調が、できない生徒を励ます教師のようだった。

「ああ。あれね」

ナナちゃんが含み笑いをする。

「名言だよね」

「そうかな」

「それに、小学校のときに先生に言われた台詞みたいだ。家に帰るまでが遠足です」

「たしかに似てる」

二人で笑った。今日は笑ってばかりだ。こんなに笑ったのって、いつ以来だろう。

並んで歩きながら、互いの二の腕が触れる。僕の右手の甲が、彼女の左手に触れて慌てて手を引く。

ふいに映画館に走るときに握《にぎ》りしめた、彼女の手の感触を思い出した。

予告編を見逃したくないための、とっさの行動という以上の意味はあったのだろうか。たとえば同行者が僕じゃない誰かだとしても、あの場面で手を握ったのか。僕だから握ったのか。それとも本当に無意識に近い行動で、ナナちゃん自身ほとんど記憶に残っていない、とか。

いま握ってみようか、彼女の手を。そうすればはっきりする。

だけど勇気が出ない。彼女の少しだけ後ろを歩きながら、彼女の左手を握るタイミングを虎視眈々《こしたんたん》とうかがう様子は、不審者のように見えるかもしれない。

ついにスクランブル交差点につき、僕らは並んで立ち止まった。

あの歩行者用信号が青になったら、もうお別れだ。

歩行者用信号の横で刻々と別れへの時を刻むカウントダウン式タイマーを、うらめしい思いで眺めていた。だがうらめしく思うだけで具体的な行動はなにも起こせず、信号が青に変わる。

スクランブル交差点を渡り、ＪＲ渋谷駅の改札前に着いた。

ナナちゃんが踵《かかと》を支点にくるりと振り向く。

「今日はどうもありがとう。楽しかった」

「あの……」

次の約束もないまま別れるのは嫌だ。

欲しいものは欲しいと、口に出さないと。

「なに」

ナナちゃんが小首をかしげる。

「よかったら、ご、ご飯でも食べていかない？　この後、予定がなければ」

勢いよく切り出したわりには、語尾が尻すぼみになる。

ともかく言ってしまった。

彼女はやや驚いたように目を見開き、口をわずかに開いた。それからなにか意味ありげな眼差《まなざ》しを僕に向ける。ほんの数秒の沈黙が、永遠に感じられる。僕は逃げ出したくなる。発してしまった言葉を、引っ張り戻したくなる。

なにか沈黙を埋める言葉を探したほうがいいだろうか。だがこんな状況で言葉を発しても、ろくなことを口走らない気がする。

「遅い」

ナナちゃんがむっとした口調で言い、僕は断られたのかと思った。

だが違った。

「遅いよ、コーヨーくん。ずっと待ってたのに、その言葉」

ナナちゃんがにんまりと目を細め、右頰にえくぼを作った。

8

ＪＲ大森駅の北口を出てすぐに、森尾のスマホを呼び出した。

しばらく呼び出し音が続いた後、がちゃがちゃと騒々しい音がして、無音になる。

ややあって森尾の声が聞こえた。

「はい……」

弱々しくかすれ気味の、いかにもいま起きましたという声だ。夜の十一時前。この男に限って早めに就寝したという可能性はないだろうに、いったいどういう生活リズムで動いているのだろう。

「寝てたのか。ごめん」

「いや。寝てない。大丈夫」

人間はなぜ就寝中だったことを認めたがらないのか。

森尾の声が、気を取り直したように生命力を帯びる。

「どうした」

「ナナちゃんと映画に行ってきた」

「おお。マジか。どうだった」

「楽しかった」

映画の後、思い切って食事に誘ってみたら、快諾してくれた。ターミナル駅ならどこにでもあるようなイタリアンのチェーンでパスタを食べた。その後はコーヒーを飲みながら話をした。コーヒーを飲み終えてからは、店員が何度もグラスに水を注ぎにきた。気づけばラストオーダーの時間になり、あっという間に閉店時間になって、僕らはようやく腰を上げたのだった。

「それで、決めたんだ」

「なにを」

「やっぱり峰岸さんと映画に行くのは、断ろうと思う」

発言の内容を咀嚼《そしゃく》するような間があって、森尾が訊ねる。

「まさかおまえ、ナナちゃんとやっちゃった？」

思わず噴き出した。

「やってない」

「じゃあ、コクったの」

「コクってもいない」

「なら佑子ちゃんのほうを断ることないんじゃない」

「でも、好きになっちゃったから」

そう。自分の気持ちにようやく気づいた。

僕は、ナナちゃんが好きだ。

一緒に映画を観に行くことが彼女にとってどういう意味を持つのかなんて、考えてみれば僕の気持ちには関係のないことだ。彼女が僕に好意を抱いてくれている場合にだけ、僕も彼女を好きになるなんて、そんなふうに都合よく心の動きをコントロールすることなんてできない。僕は彼女を好きだし、たぶん最初から彼女を好きだった。彼女に拒絶されるのが怖くて、それを認めたくなかっただけだ。

「おれにコクるなっての」

森尾が笑う。

「まだコクってもやってもないなら、とりあえず佑子ちゃんと出かけてみればいいじゃんって思うけど、そういうところ、ほんとおまえ不器用だよな。でもおれ、コーヨーのそういうところ、好きだぜ」

「コクるなよ」

二人で笑った。

やがて笑いを収めた森尾が言う。

「そんなに自分の気持ちがはっきりしてるんなら、いいんじゃないか。頑張れよ」

「ありがとう」

森尾が背中を押してくれなければ、この出会いを逃していた。感謝してもしきれない。

ふわぁと、あくびが聞こえる。

「とりあえずおれはまた寝るわ」

「やっぱり寝てたんだな」

「バレたか」

「ってか、知ってた」

おやすみと挨拶《あいさつ》を交《か》わし、電話を切った。

同時に、ナナちゃんからのメッセージを受信した。

『今日は映画に連れて行ってくれてありがとう。ご飯もおいしかったね。また遊ぼうね』

そばを通りかかったOLふうの女性が、気味悪そうに僕を見ながら通り過ぎて、僕は自分がにやにやと笑っているのに気づいた。頰をぴしゃりと叩いて慌てて表情を引き締め、家路についた。

9

鞄を手にした中本さんが歩み寄ってきた。

「まだ残業すんの」

「ええ。峰岸さんが戻ってませんし」

「彼女、今日どこ？」

「新百合ヶ丘《しんゆりがおか》です。麻生《あさお》法務局」

中本さんが腕時計に目をやる。

「またどこで油売ってるのかねえ、お嬢さまは」

そう言って、僕の隣のデスクの椅子を引き、背もたれを前にして座面を跨《また》ぐ。

今日も事務所に残っているのは、僕と中本さんだけになった。ただし僕の場合は、なかば意図的にこの状況を作ろうとしていた。もしかしたら中本さんもそうなのだろうか。次々と帰宅するほかの所員に「お疲れさま」と声をかけながら、どことなく手持ち無沙汰《ぶさた》な様子だった。最初から僕と話をするつもりだったのかもしれない。

「どっか飲みに行かない?」

「いえ。まだ仕事残ってますし」

「それに、峰岸ちゃんが戻ってきたときに事務所が無人だったらかわいそうだし……か?」

上目遣いに覗き込まれ、僕は微苦笑した。

「かわいそうとかはないですけど、僕が頼んだ調査ですから」

このところ彼女に調査を頼むと、ほかの所員が帰宅する時間まで事務所に戻らないことが続いた。毎回、弁当やデザートなどの袋を提げて帰ってくるところを見ると、たぶんわざとだ。だから自分でできる調査は極力自分で行い、彼女にはほかの所員が抱える案件を補助してもらうようにしていたのだが、今日はあえて彼女に調査を頼んだ。二人きりで話す機会を作って、映画を断るためだ。

「彼女だって仕事でやってるんだぜ。事務所の鍵だって持たされてる」

「わかってます」

「なら彼女の戻りを待つ必要はないだろ。出よう」

中本さんが扉のほうに顎をしゃくり、腰を浮かせる。

「いえ。今日はすみません」

僕は手刀を立てて断った。珍しいな、と思う。中本さんはなぜ、そんなに僕と飲みに行きたいのだろうか。

やれやれという感じに鼻から息を吐いた中本さんが、ふたたび椅子に座り直す。

「もしかして伊東くんと峰岸ちゃん、付き合ってるのか」

「まさか」

僕はぶんぶんとかぶりを振った。

「じゃあ、伊東くんは峰岸ちゃんのこと、好きなのか」

「えっ」答えに窮《きゅう》した。

「嫌いではないですけど」

「なら好きなのか」

「いや……同僚としては、いい人だと思っています」

「おれはそういうこと訊いてるんじゃない。恋愛対象としてどう思ってるのかって訊いてるんだ。質問の意味、わかってるよな。伊東くん、わかってはぐらかしてるんだろ」

最初は笑顔で聞いていたが、話を聞き終わるころには、頰が強張っていた。

「どうしたんですか、中本さん」

いつもと雰囲気が違う。

「彼女は伊東くんのことが好きみたいだぞ。さすがに勘《かん》づいてるよな」

「まあ、薄々は」

「薄々は──どころじゃない。はっきりわかっている。なにしろこのところ、峰岸さんは僕のことを職場でも下の名前で呼ぶようになった。同僚たちの間で噂になっているのは知っているが、峰岸さんにやめてくれとも言い出せず、そのままになっている。最初に言っておくべきだったのかもしれないが、なんと言えばよかったのだろう。

馴《な》れ馴れしい呼び方はやめてくれ？　──まさか。

仕事中はけじめをつけませんか？　──まるでプライベートで特別な関係があるみたいで、余計にこじれそうだ。

昔付き合っていた恋人は、僕に「公洋くんは、人にやさしすぎるよ」と言って去って行った。中本さんは「やさしさって、ときに残酷な刃にもなるんだぜ」と言った。たぶん僕はまた、同じ過ちを繰り返してしまったのだろう。峰岸さんに思わせぶりな態度を取ったせいで、これから彼女を傷つけることになる。

——これ以上、峰岸ちゃんを傷つけるな。

てっきりそんな言葉をかけられると思っていたが、中本さんの口から出てきたのは、予想外の言葉だった。

「いいか。峰岸ちゃんには気をつけろ」

僕ははっとして顔を上げた。

中本さんは冗談で言っているわけでもなさそうだ。

「うちの所長はもともとクソだったが、最近とくに伊東くんへの当たりがきつくなったと思わないか」

「言われてみれば……」

理不尽な言いがかりをつけられることが増えた気がする。

「この前、所長がブチ切れてた所有権移転の登記申請書、覚えてるよな」

「もちろん」

同僚たちのいる前で罵倒《ばとう》され、書類を投げつけられた。思い出すだけで苦い感情が口の中に広がる。

「あの登記申請書、峰岸ちゃんに投げられた案件だったんだろう」

「そうです。最初は僕のところに来るはずだったんですけど、簡単な案件なんで、練習にいいんじゃないかって、所長が」

なのに所長が自分の発言を忘れたのだ。

だが、中本さんは意外な事実を明かした。

「どうも所長は、あの登記申請書は伊東くんのチェックを通過して、自分のもとに来たと思い込んでいるふしがある」

「どういうことですか」

中本さんが指を二本、立てる。

「考えられる可能性は二つ。一つは、完全な所長の記憶違い。部下に言ったことを忘れてたり、言ってもいないことを言いつけたと思い込んでブチ切れるのは、あの人には珍しいことじゃない。じゅうぶんにありえる。そして二つ目が、こっちが大事なんだが……峰岸ちゃんが嘘をついている」

理解するのに少し時間がかかった。

「峰岸さんが、僕のチェックを受けたって嘘をついて、登記申請書を所長に提出したってことですか」

中本さんが重々しく頷く。

「なんでそんなことを……目的は？」

「そこまではわからない。たんにミスした場合の責任を分散させるために、伊東くんのチェックを受けたと申告したのかもしれないし。でも、だとしたら、なんでそれを伊東くん本人に黙っておく必要がある？　伊東くんとは毎日顔を合わせてるんだから、実際にチェックを頼めばいいだけじゃないか」

「そうですね。正直手間ではあるけど、後々所長に怒鳴られることを考えれば、ぜんぜん苦にはなりません……じゃあ、なんで峰岸さんはそんな嘘を」

まだ峰岸さんが嘘をついたと決まったわけではないが、ここでは嘘をついたと仮定して話を進める。

「これはおれの予想だが、伊東くんにやさしくしてもらうため……じゃないかな」

中本さんにじっと見つめられ、僕は目を見開いた。

「それって……えっ？　えっ？」

混乱して頭が整理できない。

「彼女は登記申請書にミスがあるのも、最初からわかっていた。もっと言えば、わざとミスを残した状態で、伊東くんのチェックを受けたと言い添えて、所長に最終チェックを願い出た」

「なんのために」

口に出した後で、中本さんの言いたいことに気づいて愕然《がくぜん》とする。

峰岸さんがミスをするたびに、僕は彼女をかばってきた。本当は僕ではなく、別の誰かの責任ですと反論することもせずに、甘んじて所長の悪罵《あくば》を受けてきた。その後、峰岸さんを責めることもしなかった。落ち込む彼女を逆に慰《なぐさ》めることも多かった。僕としては、たんに疑いを晴らしたところで意味がないと諦めていただけだが、峰岸さんには違うふうに映っていたのか。

——伊東さんは信用していい気がする。上っ面じゃなくて、本当にやさしい人なんだと思えます。

——伊東さんはやさしい人です。これまでに何度も私を助けてくれたし、かばってくれた。私、信用してるんです。この人は裏切らないって。

中本さんの話を聞いた後で思い返すと、あれらの言葉も違った意味に思えてくる。

「おれの言ったことはたんなる憶測だ。証拠はない。だが、峰岸ちゃんってちょっと精神的に不安定な感じがするだろう？　伊東くんみたいにやさしい子が深入りすると、あまり良い結果にならない気がしてね。もし彼女と付き合うつもりがあるんなら、なにも言うまいとは思っていたんだが、そのつもりがなくて、彼女にやさしくしているのなら、気をつけたほうがいい」

そこまで言って、中本さんがなにかに気づいたように、窓の外に目をやった。

振り返ると、ビニール袋を提げた峰岸さんが帰ってくるところだった。

「ただいま戻りました」

「お疲れさん。遅くまで大変だったね」

先ほどまでの真剣な表情とは打って変わり、中本さんが笑顔で峰岸さんを労《ねぎら》う。

「ごめんなさい。中本さんもいらっしゃるとは思っていなかったので、二人ぶんしか……」

峰岸さんはやや当惑した様子で、左手に提げたビニール袋を見る。

「大丈夫大丈夫。ちょうどおれ、帰ろうとしてたところだから。晩飯は家で食べるって女房に連絡しちゃったし」

中本さんが立ち上がり、「それじゃな」と眉を上下させる。

「お疲れさまです。また明日」

おう、と軽く手を上げ、出入り口のほうに歩き出した。

峰岸さんとすれ違いざまに、ビニール袋を覗き込むような動きをする。

「なに買ってきたの」

「サンドイッチです。メルヘンの」

「へぇっ。美味そう」

おれも腹減ったなあと自分の腹を擦《さす》りながら、中本さんが事務所を出て行く。扉を開けながら、一瞬だけ警戒を促《うなが》すように僕を見た。

扉が閉まるのを待って、峰岸さんがぽつりと言葉をこぼした。

「よかった。公洋さんがいてくれて」

どういう意味だろう。

首をかしげる僕に、彼女が言う。

「最近、中本さんにしつこく言い寄られているんです」

あまりに予想外すぎて、理解するのに時間がかかった。

「本当ですか？」

とても信じられない。中本さんが峰岸さんを？

だがこちらを振り向いた峰岸さんは、とても冗談を言っているようには見えない。

「もしかして、いま私についてなにかよくない話をされてました？」

その通りだがそれを認めるわけにもいかず、答えに詰まった。

峰岸さんがやっぱり、という顔になる。

「中本さんが私についてなにを言っていたかは知りませんけど、全部嘘ですから。信じないでください」

「えっ。でも……」

峰岸さんがわざと仕事をミスして、所長の敵意を僕に集中させるなんて、たしかに信じがたい話ではある。だけど僕には、中本さんが嘘をついているとは思えない。

すると峰岸さんは、わずかに声を鋭《するど》くした。

「あの人は私たちの仲を裂こうとしているんです」

仲、って……？

背筋が冷たくなった。そして確信した。中本さんの言っていることが正しい。だけどこの場で峰岸さんを論破することに、意味があるとも思えない。変に刺激しないほうがよさそうだ。

「中本さんを信じないでください」

「わ、わかりました」

僕が頷くと、峰岸さんは笑顔になった。

「ありがとうございます。それじゃ、コーヒーを淹れてきます」

給湯室に向かおうとするのを、「あ。峰岸さん」と呼び止めた。

これまで峰岸さんの押しの強さに圧倒されて、なんとなく流されるままになってきた。

だけど僕は、とんでもないことをしたのかもしれない。

今日で流れをせき止めなければ。

僕は勇気を振り絞った。

「今日は、けっこうです」

「でも、サンドイッチ……」

峰岸さんがビニール袋に視線を落とす。

「いただいて帰っても、いいですか」

「はあ」腑《ふ》に落ちない様子ながらも、峰岸さんがビニール袋の中身をテーブルに広げた。

何種類かのサンドイッチから選ばせてくれるようだ。

「すみません。この後、なにか用事があったんですね。それなのに私のことを待ってくれて、ありがとうございます」

「いえ。用事はないんです。ただ、早く帰りたくて」

「そう、ですか」

峰岸さんは狐《きつね》につままれたような表情だ。

「あと、映画なんですけど」

「今週末ですよね。楽しみにしてます」

峰岸さんの表情がぱっと明るくなり、僕は罪悪感に包まれる。

言いにくい。だが、言わねば。

「すみません。やっぱり、行けません」

一瞬、硬直した峰岸さんが、ふたたび笑顔になる。

「そうですか。公洋さんもお忙しいですもんね。じゃあ、いつにしましょう」

「いや。日時を変更するとかじゃなくて、二人で出かけるのはやっぱりちょっと……」

峰岸さんの顔色がさっと変わって、僕は心臓が止まりそうになった。

沈黙の重苦しさで窒息《ちっそく》しそうだ。

「なんで？」

峰岸さんの声は震えていた。

「こういうの、まずいと思うんです。僕ら同僚ですし……」

ほかに好きな子ができたと正直に申告しようと思っていたが、ここでナナちゃんの名前を出したら、ナナちゃんに迷惑をかけるかもしれない。とっさの判断で、本当の理由は伏せた。

「同僚だから、なんだって言うんですか。同僚だからこそ仲良くするんでしょう」

「でも、ほかの同僚とは映画に出かけたりしないし」

「出かければいいじゃない」

気まずすぎて、僕は視線を落とした。

黙り込む僕に、峰岸さんの声が降ってくる。

「どうすればいいの」

顔を上げると、同じ質問をぶつけられた。

「どうすれば、映画に行ってくれるの」

「すみません」

「すみませんじゃなくて、どうすれば映画に行ってくれるかを訊いてるんですけど」

「すみません」

それしか言えなかった。

うつむく僕に、峰岸さんが表情のない声で呟《つぶや》く。

「あなたは裏切らないと思ったのに」

「裏切るとか裏切らないとか、僕らそんな関係じゃ——」

冷たい声がかぶさってきた。

「応援するって言いましたよね。あれは嘘だったんですか」

「それは……」

あのときは、相手が僕だとは思いもしなかったから。

「嘘つき」

ストレートな言葉が、ぐさりと刺さる。

僕は嘘つきなんだろうか。気づいたことを気づいていないふりをしたり、現実から目を逸《そ》らして知らんぷりしたり、言いたいことを言い出せずに口を噤《つぐ》んだり。そんな消極的な態度も、他人を傷つけるという意味では積極的な嘘と同じくらい罪深いのか。

反論できずに黙り込んでいると、峰岸さんが言った。

「わかりました。同僚だからプライベートでは交流を持ちたくない。一線を引いて付き合っていきたいということですね」

「プライベートで交流を持ちたくないというわけでは」

ほかの人も交えてなら、と続けようとしたが、恐怖で口が動かない。

「もういいです。よくわかりました」

ぴしゃりと会話を打ち切る峰岸さんは、昨日まで接してきた峰岸さんとは別人のようだった。

「あの……僕はもう帰ります。お先に失礼します」

僕は急いで荷物を鞄に詰め込むと、逃げるように事務所を出た。事務所を出るまで、ずっと突き刺さるような視線を感じていた。デスクの上のサンドイッチの存在を忘れたわけではなかったが、とても持ち帰る気にはなれなかった。

10

峰岸さんの瞳に宿る狂気におののいた夜から一週間。

意外にも僕の日常は、いつもと変わらずに流れていた。翌日こそ少しとげとげしかった峰岸さんの態度も次第に落ち着き、愛想笑いには違いないだろうが、ほかの所員がいる場では笑顔すら見せてくれるようになった。

相変わらず、ナナちゃんとは日に数度のメッセージのやりとりをしている。内容はまったくたわいのないものだが、彼女からのメッセージを読むと笑顔になれるし、活力が湧いてきた。いまとなっては、もう自分の気持ちから目を逸らしたりしない。僕はナナちゃんが好きだ。そしておそらく、ナナちゃんのほうも僕を好ましく思ってくれているという確信を抱きつつあった。あとは互いの気持ちを確認し合うだけだが、それだけは面と向かって、自分の言葉で伝えたい。

そんな矢先のことだった。

「伊東」

所長から声をかけられ、僕はマウスを操作する手を止めた。

いつものように、開いた扉の隙間から顔だけを出した所長が、こちらを温度の低い視線で睨んでいる。だが、どこかが違う。全身から激しい怒気を発散しているのは同じだが、今日はいつもより体温が低い印象を受けた。こころなしか、顔色も青ざめて見える。

「はい。なんでしょう」

「ちょっと来い」

所長は所長室に入れという感じに、乱暴に手招きをする。やはりいつもとは違う。相手に屈辱を味わわせ、力の差を思い知らせるために、あえて同僚たちの前で部下を罵倒する所長が、人目のないところで話をしようとしている。

僕は椅子を引き、所長室に向かった。

途中で中本さんが心配そうに見ているのに、大丈夫ですという感じに頷きを返す。なにも大丈夫なんかじゃないのに。ぜったいにまずいことが起こるという、確信めいた予感があった。

「失礼します」

所長室に入り、後ろ手に扉を閉める。

所長はすでに高そうなデスクでふんぞり返っていた。椅子を左右に揺らし、ぎし、ぎし、とスプリングを軋《きし》ませた後で、薄い唇をほとんど動かさずに言った。

「おまえ、クビだ」

驚いたのはたしかだが、それほどの衝撃はなかった。所長の態度からいつかそうなる予感を抱きながら毎日を過ごしていたし、しがみつくほど魅力を感じている職場でもなかった。

それでも明日から無職かと思うと、やはり声が震えた。

「理由を教えていただけますか」

「矢崎《やざき》貢《みつぐ》さんの相続、担当はおまえだな」

「はい」

渋谷区松濤《しょうとう》の土地建物の、相続による所有権移転登記だった。つい四日ほど前に、オンライン登記申請の手続きを済ませたばかりだ。

「申請が却下された」

嘘だろ？　手続きに不備が？

「そんな馬鹿な。申請の前に何度もチェックしました」

「戸籍謄本と遺産分割協議書が登記所に未達だった」

オンラインによる登記申請は、ネット上ですべてが済ませられるわけではない。ネットで申請した上で、必要書類を直接登記所に持ち込むか、郵送する必要がある。必要書類が登記所に送達した時点で、申請を受理するかどうかの審査に移る。

「必要書類が登記所に届かない間、登記所に出向いた矢崎貢さんの弟が、自分名義への変更登記を済ませ、同時に、金融業者の抵当権を設定した。おまえも来年の試験に向けてたっぷり民法を勉強してるんだろうから、この意味がわかるな」

視界に暗幕がおりた。

登記を横取りされた。そんなケースがそうそうあるものかと、所長に叱られながら内心で舌を出していたケースが、実際に発生した。もしも金融業者が依頼人の弟を正当な相続人と信じていた場合、依頼人は相続した不動産を取り返せなくなる。依頼人は勝手なことをした弟に求償する権利こそ有するが、不動産の抵当を外すことまでは要求できない。

そうなると依頼人は、不手際で相続物件を傷物にした司法書士法人にも、損害賠償を求める可能性が高い――つまりうちの事務所が、莫大《ばくだい》な金額の損害賠償請求を受ける。

「矢崎貢さんは弟との仲が悪い上に、親との折り合いが悪かった弟のほうは、遺留分のみの財産分与に不満を持っていた。事業に失敗して多額の借金を抱えていたので、相続財産を売却して借金の返済に充てようと企んでいたんだ。そういうお家事情を、おまえ聞いてたはずだよな。矢崎さんが最初にこの事務所に相談に来たとき、同席してたんだから」

聞いていた。だから迅速《じんそく》に所有権移転登記を済ませ、依頼人の財産を保全するつもりだった。

「手続きに不備はありませんでした」

自信を持って言える。依頼人のために万全を期した。

書類が未達だなんておかしい。配達証明で発送したから、証明書だって保管されているはずだ。

「ならこれはなんだ」

所長はデスクの抽斗《ひきだし》を開け、封筒を取り出した。

説明されるまでもなくそれがなにかわかって、全身から血の気が引いた。

「おまえの机の抽斗に入ってたんだ。これを出さないと登記申請通るわけがないよな。書類が揃《そろ》ってないんだからよお！」

突如爆発した所長が封筒を僕に投げつける。

僕の足もとに落ちた封筒の表には、『配達証明』とボールペンで記した付箋《ふせん》が貼ってあった。配達証明郵便で出してくれという指示は、たしかに僕の字だった。そして封筒は、僕が必要書類を封入したものだった。

記憶を反芻する。僕は必要書類を封筒にまとめ、付箋を貼って郵便物用のボックスに入れた。うちの事務所では、ボックスに溜《た》まった郵便物を、夕方ごろにまとめて郵便局に持って行くことになっている。

あの日、郵便物を持って出かけたのは……。

峰岸さんだ。

僕は全身が粟立《あわだ》つのを感じた。

間違いない。あの日、峰岸さんは郵便物を詰めた紙袋を提げて事務所を出て行った。僕の出した封筒だけを発送しなかったのだろう。未発送の封筒をどこかに隠しておき、依頼人と利害の対立する相手が登記を横取りしたタイミングを見計らって、僕のデスクの抽斗に封筒を戻しておく。それを所長に発見させれば、完全に僕の不手際になる。いったん持ち出した封筒を発送せずに持ち帰る部下がいるなど、普通は想像もしない。

そして僕は、もう一つの発見に戦慄《せんりつ》した。

たかが数日の手続きの遅れが、取り返しのつかない大問題に発展するのは稀だ。依頼人の弟が財産分与に不満を持っていたとしても、登記の横取りまで企むとは思えないし、かりにそこまで考えが及《およ》んだとしても、こちらの手続きが滞るという、かなり確率の低い要件の成立が必要になる。

峰岸さんはおそらく、依頼人の弟になんらかの手段で連絡を取り、入れ知恵したのだ。利害が対立しているとはいえ、依頼人と弟は肉親には違いないので、必要書類を揃えるのは難しくない。不正な手段でもいったん登記の名義が移動したものに、善意の第三者が権利を設定した場合には、本来の権利者は善意の第三者にたいして所有権を主張できない。

そこまでして、僕を陥れようとした。

彼女の恐るべき執念に、僕は全身が脱力した。

「うちが請求された損害賠償、そっくりそのままおまえに支払わせてやるからな！　辞めただけで責任取ったと思うなよ！」

その後に浴びせられた所長からの罵倒は、すべて鼓膜を素通りした。

11

事務所を出た後、とても自宅に帰る気にはなれず、東横線で渋谷に出た。ぶらぶらとあてもなく渋谷の街を徘徊《はいかい》し、気づけば代々木《よよぎ》公園にいた。すでに日が落ち、周囲には人影もまばらだ。僕は光に集まる虫のように自動販売機コーナーに歩み寄り、飲みたくもない缶コーヒーを買った。それをカイロ代わりにして両手で交互に持ち替えながら、ベンチで暗闇が濃くなっていく様子を眺めていた。

ふいにスマホが振動した。

液晶画面を確認すると、事務所からだった。事務所の誰だろう。所長が翻意《ほんい》して復帰を要請してくることなどはありえないから、中本さんあたりだろうか。所長に解雇を宣告された後は、同僚たちとほとんど会話することなく、鞄に最小限の私物だけを詰めて事務所を出た。所長室の恫喝《どうかつ》は漏れ聞こえていたはずなので、慰めのために電話をしてきたのかもしれない。

僕は電話を通話状態にし、耳にあてた。様子をうかがうために自分からは声を出さずに、じっと待つ。

そして聞こえてきた声に視界が揺れた。

「もしもし。お疲れさまです」

峰岸さんだった。

だが「もしもし。もしもし」と呼びかけてくる声を聞きながら、僕は混乱した。その声があまりにいつも通りの彼女だったからだ。解雇は彼女の策略ではなかったのかと、不用意に彼女を疑った自分を責めたほどだ。しかし冷静に考える。今回のケースは、彼女以外に実行は不可能だ。

僕はできる限り冷たい声を出した。

「なんでしょう」

「いまどちらですか」

峰岸さんはまったく変わらない。

「答える義務はありません」

「外ですよね。自宅に帰られていないんですか」

声の響き方で、そう判断したらしい。

「関係ないでしょう」

「そんなこと言わないで。私は心配なんです。公洋さん、大丈夫ですか」

あれ？　と思う。峰岸さんの声からは、心から僕を心配する気持ちが溢れていた。彼女の仕業《しわざ》ではないのか？

「大丈夫です」

つい口調が柔《やわ》らかくなった。

「あんなことがあって、大丈夫なわけがありません。いまどこにいるんですか。仕事が片付いたので、行きます」

「いえ。本当に大丈夫ですから」

「本当ですか」

「ええ。本当です。ご心配おかけしてすみません」

そのころには、彼女にあらぬ疑いをかけてしまったと、すっかり反省していた。それだけに、その後の彼女の発言には衝撃を受けた。

「それじゃあ、映画いつにします？」

「えっ？」

「だって公洋さんと私は、もう同僚じゃありませんよ」

視界が暗転した。

――わかりました。同僚だからプライベートでは交流を持ちたくない。一線を引いて付き合っていきたいということですね。

彼女の言葉を思い出す。彼女が郵便物を隠して僕を陥れようとした動機を、僕は憎悪だと思っていた。だが違う。僕が同僚であることを口実にデートを断ったため、同僚ではない状況を作ろうとした？　ただそれだけの目的で、僕を解雇させるように仕向けた？

「嘘でしょう……」

呆然《ぼうぜん》とする僕の呟きを無視して、彼女は自分の要求を伝える。

「場所はどこにしましょうか。劇場の上映時間を調べたら、川崎ではもう午前中にしかやってないようなんです。ですから渋谷か横浜《よこはま》、あとは二子玉川《ふたこたまがわ》でもかまいませんけど。私は週末が休みですけど、平日でも有給を使うのでかまいません。あ、でも公洋さんはいま仕事してないから、時間に融通《ゆうづう》が利《き》きますよね。明日にでも——」

「ちょっと待ってください！」

かっと頭に血が上り、大声を出していた。

「どうしました？」

峰岸さんには、なぜ僕が怒っているのか理解できないようだ。僕にはそれが信じられない。

「おかしいでしょう！　こんなときにそんな話をするなんて！」

「でも公洋さん、大丈夫だとおっしゃいましたよね。大丈夫じゃなかったんですか」

「当たり前でしょう！」

「また私に嘘をつくんですか」

なにを言っているんだ。

「失礼ですが、峰岸さんこそ嘘をついているんじゃありませんか」

峰岸さんが沈黙する。

「所長からは、矢崎貢さんの所有権移転登記の件で、法務局に必要書類が未達だったと言われました。だけど僕はたしかに郵便物ボックスに入れたんです。それだけは間違いない。なのに、封筒は僕のデスクの抽斗から発見された。あの日、郵便物を持って出たのは峰岸さんですよね」

「……違います」

「嘘はつかないでください。あの日、僕の出した封筒だけを投函《とうかん》せずに持ち帰ったんでしょう？　そして矢崎貢さんと利害の対立する弟のほうに連絡し、こちらの登記が止まっていることを伝えた。矢崎さんの弟には知識がなかったろうから、登記申請のやり方を指南するか、司法書士や弁護士を紹介するかまでしたかもしれない。そうやって登記を横取りさせ、問題が明るみになって所長が騒ぎ出したタイミングを見計らい、僕のデスクの抽斗に未投函の封筒を忍ばせた」

「信じられない。いざとなったら解雇された原因を他人のせいにするなんて、公洋さんがそんな人だとは思いませんでした。これまでずっと、私をかばってくれましたよね。私がミスをしても、大丈夫大丈夫って、いつも私を慰めてくれていたのに。あれは嘘だったんですか。自分が追い詰められたら、私のせいにして逃げ出すんですか」

言い分が支離滅裂《しりめつれつ》で狂気すら感じる。

だが僕がこう言うと、峰岸さんは押し黙った。

「矢崎さんの弟に接触します」

数秒の沈黙の後、ふっと笑う気配がする。

「先方が認めると思ってるんですか」

「つまり、峰岸さんが登記を止めた事実を認めるんですね」

「認めません。かりに公洋さんの推理が正しいとしても、先方が素直に認めてもなんの得にもならないので、素直に認めるわけがないと、一般論を述べただけです」

間接的に認めたとも取れる発言だった。

「峰岸さんが郵便物を投函し忘れたと、所長に言ってもらえませんか。故意だったと認める必要はありません。峰岸さんのミスとなれば、所長も求償までは考えないでしょう」

正直なところ腸《はらわた》が煮えくりかえっていたが、現実的な妥協案を提示した。

徹底的に断罪したい気持ちもあるが、峰岸さんの犯行を証明するのは難しい。ならばせめて、自分の身にかかる火の粉を払っておきたい。このまま僕の不手際で大損害を与えたとなれば、所長の宣言通りに求償される可能性が高い。莫大な借金を抱えて生きていくのは、今後の人生で大きなハンデになる。

「じゃあ映画、いつにしましょうか」

狂ってる――ぞわりと背中を刷毛《はけ》で撫《な》でられるような、不快な感覚だった。

「本気ですか」

この期《ご》に及んでそんな要求をするなんて、まともじゃない。

だが峰岸さんは平然としたものだった。

「だって公洋さん、約束してくれたんですよ」

「一緒に映画に行ったら、必要書類が未達だったのは自分の落ち度だと、所長に申告してくれるんですか」

「考えます」

「いまこの場で、約束してくれませんか」

「そうしたら、映画に行ってくれるんですか」

悔しいが、どうやら僕に選択の余地はなさそうだった。

12

自宅アパートに帰り、シャワーを浴びて床につく。

しばらく目を閉じていたが、とても眠れる気がしない。頭の片隅《かたすみ》で、現実には聞いていない峰岸さんの不気味な笑い声が響いていた。

どうしてこんなことに。屈辱感が意識を冴《さ》え渡らせる。

結局、峰岸さんの要求に応じて三日後の夕方に映画に行くことになった。峰岸さんは僕が映画の約束さえ守れば、矢崎貢さんの件は自分の落ち度だったと、所長に申告することを「考えて」くれるという。この期に及んでそんな言葉を鵜呑みにするほど、僕もお人好しじゃない。「考えた」結果、僕の希望を叶《かな》えてくれず、さらなる要求を突きつけてくるのは目に見えていた。だけど情けないことに、最初から彼女の要求を撥《は》ねつけて戦う勇気も、僕にはなかった。

なにがいけなかったのだろうと、これまでの自分を顧《かえり》みる。

僕の彼女にたいする振る舞いは、思わせぶりだったのかもしれない。衝突を恐れるがゆえの回避行動が結果的にミスを犯した彼女をかばうかたちになり、誤解を加速させてしまったのだろう。そして僕は彼女の気持ちにも、中本さんが指摘した彼女の不安定さにもまったく気づかずに、彼女に弄《もてあそ》んだと受け取られるような、優柔不断な態度をとり続けた。いや、途中からは気づいていたが、誤解を解く努力をしなかった。そういう意味では、僕にも非があった。おそらく僕は、中本さん曰《いわ》くの「残酷な刃」で、知らず知らずのうちに彼女を斬《き》りつけ続けていた。

だけどその代償としては、今回の結果はあまりに大きすぎやしないか。僕も悪かったのだからしかたがないとは、どうしても納得できない。理不尽だ。峰岸さんのような女性に見初《みそ》められてしまったことを、後悔するしかないのだろうか。世の中には、あんな恐ろしい女性もいるんだ。以前に会社の上司と不倫関係にあり、不倫相手の奥さんから嫌がらせを受けたと話していたが、あれは本当だろうか。実際はどうだったのだろう。

そのときふいに、ＳＮＳアカウントの存在を思い出した。森尾が発見したものの、後ろめたさが勝って詳細まで見ることをしなかった、あのアカウントだ。彼女を知るヒントになるかもしれない。

僕はスマホを手に取り、アプリからＳＮＳを開いた。放置していた自分のアカウントにログインする。あまりに久しぶりだったのでパスワードを思い出せずに、何度かログインに失敗したが、自分の誕生日と別れた彼女の誕生日を組み合わせた文字列を入力して、無事にログインできた。

峰岸さんの名前をアルファベットで検索窓に入力してみる。ヒットした。いまよりも髪が短く、若く見える峰岸さんの写真。間違いない。

タイムラインを遡《さかのぼ》ってみる。最新の投稿は、カルパッチョの写真だった。これには見覚えがある。僕と峰岸さんのほか、ナナちゃん、森尾、中本さんという奇妙な面子で食事した際に撮影されたものだ。『大好きな人と食事』という文言が添えてある。ああ、と思わず天を仰《あお》いだ。本人は職場の人間に見られる前提で投稿していないのだからと遠慮したが、もしも僕がこのアカウントを頻繁にチェックして、この投稿にいち早く気づいていたら、その後の峰岸さんへの接し方を変えることもできたかもしれない。

次に現れたのは、数ヶ月前の投稿だった。東野圭吾《ひがしのけいご》の小説の表紙の写真に『読了。おもしろかった』と添えてある。これが一欒一縁で森尾が発見した時点での、最新の投稿だろう。

その後もタイムラインを遡り、投稿を確認していった。あまり頻繁に更新されていないようだ。せいぜい二ヶ月に一回程度。ライブハウスらしき看板の写真や、水滴の垂《た》れる窓を撮影したような写真、自分で作ったらしき焼き魚の写真、友人の飼っている犬の写真などに、一、二行のコメントが添えられている。アカウント自体が二年ほど前に作られたらしく、全部見るのにそれほど時間もかからなかった。

次に僕は、彼女とつながっている友人を確認した。たったの五人しかいない。そのうちの三人の勤務先が狛江《こまえ》銀行となっており、別の一人の職業も、具体名は挙げていないものの銀行員となっている。つまり五人の友達のうち、四人が銀行員。峰岸さんは銀行員だったのだろうか。

僕は友人のページに飛びながら、峰岸さんにつながりそうな情報を探した。五人の中には頻繁に投稿している人もいれば、僕と同じようにほぼ放置状態になっている人もいた。峰岸さんの投稿にコメントしている人はいないが、五人の間では、たまにコメントし合ったりする関係もあるようだ。

友人からそのまた友人のページへと飛びながら、五人のプロフィールを推測する。五人のタイムラインと、さらにその友達のタイムラインにまで飛んで、隅から隅まで目を通した結果、どうやら五人ともが狛江銀行の行員、あるいは元行員だと判断した。一人は現在専業主婦のようだが、コメントのやりとりなどから察するに、結婚を機に退職したようだ。結局、五人の友達全員が銀行関係者ということになる。ということはおそらく、峰岸さんも狛江銀行に勤務していたのだろう。

ふと、ある疑問が浮かんだ。

峰岸さんはたしか、不倫相手は新卒で入った会社の上司で、六年以上も前に終わったと言っていた。うちの事務所に入ってまだ半年だから、銀行を辞めてからうちに入るまでに、少なくとも五年半の空白が存在することになる。

SNSのアカウント開設がおよそ二年前。当然ながら、その時点ではすでに銀行員ではない。なのに、SNS上の友達は全員が銀行関係者で、それ以外の人間関係が存在しないかのようだ。頻繁にではないが現在でも更新を続けているのに、新たに追加される友達がいないのは不自然じゃないか。

うちの事務所に入るまでの五年半の間、彼女はどこでなにをしていたのか。

それとも、この五年半に意味があるというよりは、銀行時代の人脈に大きな意味が隠されているということだろうか。

いずれにせよ、彼女は大きな秘密を抱えている気がする。もしかしてその秘密を探り当てれば、僕にとって大きな武器になりはしないだろうか。このままでは生殺与奪《せいさつよだつ》を握られ、彼女の言いなりになるしかないが、武器を手にすることで、あるいは彼女に対抗できるかもしれない。

僕は彼女のSNS上の友達に接触してみようと思い立った。幸いなことに、プロフィール作成中に放り出したままのアカウントがある。自分の名前を変更した上でメッセージを送れば、相手に正体を悟《さと》られることもない。

慎重に吟味した結果、専業主婦をしている住吉一枝《すみよしかずえ》さんという元行員の女性にメッセージを送ることにした。SNSを見る限りだと峰岸さんと親しい関係ではなさそうだが、万に一つでも彼女と連絡を取り合っている可能性を考え、本来の目的とはまったく別の用件を考える。

峰岸さんの知り合いとしてではなく、五人のうちの一人である和田正臣《わだまさおみ》さんのことで相談があるという口実でアプローチすることにした。僕は妻の不倫を疑う男で、妻は狛江銀行に勤務している。僕が妻の不倫相手ではないかと疑うのが、妻の同僚である和田さんという設定だ。妻の不倫を疑うあまり疑心暗鬼になり、和田さんとSNSでつながっている住吉さんにSNSのメッセージ機能を通じて相談を持ちかけるというわけだ。ただし和田さんの個人名は明かさず、さまざまな情報から和田さんのことを言っているのではないかと類推させるような文面にする。特定してしまえば本物の和田さんに迷惑をかけるかもしれないし、あくまで匂わせる程度に留めることで、僕に会ってたしかめてみたいと思うかもしれない。不倫は既婚者なら誰にとっても他人事《ひとごと》ではないから興味を持ってくれるだろうし、そういう設定を作ることで、かりに僕の素性を怪しまれたとしても、峰岸さんに連絡がいく可能性はない。本当の目的と素性は、住吉さんと会うことができて、彼女が峰岸さんと親しくないと確信できた場合にだけ明かせばいい。

僕は妻を愛するがゆえに疑念に凝り固まった男になりきり、苦悩に満ちた文面を作成した。ただし、あくまで表面上は常識人として節度を保とうとつとめている感じで。文章も長くなりすぎないように気をつけた。あまりに熱量が高すぎると恐怖感を与えてしまい、住吉さんが会うのに二の足を踏む可能性がある。

何度も書き直した末に、メッセージが完成したのは夜十一時過ぎだった。似たような感覚を最近味わったなと思ったら、ナナちゃんを映画に誘ったときだった。何度も文章を書き直したのは同じでも、目的がほぼ正反対なのは皮肉なものだ。

この時間に送信するのは先方に迷惑かなと思ったが、妻が不倫をしているのではないかという疑念に取り憑《つ》かれた男なら、メールを送信する時間など気にする余裕もないかもしれない。それに、次に峰岸さんと会うまで時間がない。

僕はメッセージを送信し、返事を待つことにした。

すぐにスマホが振動し、急いで液晶画面を確認する。

ナナちゃんからの電話だった。一瞬、躊躇したものの、電話に出た。

「もしもし」

「あ。もしもし、コーヨーくん？　よかったあ。返信がないから心配して電話しちゃった」

「ごめん。仕事が忙しくて」

本当のことを言い出せずに、とっさに嘘をついた。ナナちゃんからは昼過ぎにメッセージが届いていた。とくに急を要するような内容ではなかったはずだが、このところ毎日メッセージのやりとりを続けているので、半日以上返信がないだけで心配になったらしい。

「ううん。こっちこそ忙しいのに電話しちゃってごめん」

ナナちゃんは慌てた様子で言った。それでも少し話したそうにしていたが、僕は住吉さんからの返信を待っている。

「そんなことない。心配してくれてありがとう」

会話を終わらせたそうな雰囲気を滲《にじ》ませつつ、静かに告げた。

「うん……じゃあ」

名残惜《なごりお》しそうなナナちゃんが、最後に訊く。

「コーヨーくん。大丈夫？　なんか、元気ないけど」

「そうかな。そんなことないよ。ありがとう」

「そっか。わかった」

納得はしていない様子だったが、「おやすみ」と一方的に会話を打ち切った。

「おやすみ」

やや物足りなそうな声をしているのが嬉しい。僕は微笑ましい気持ちになりながら通話を終える。

するとそのとたんに、ふたたびスマホが震えた。

住吉さんからのメッセージの返信だった。

13

住吉さんに指定された待ち合わせ場所は、西武《せいぶ》池袋本店の五階にある喫茶店だった。

彼女のタイムラインを隅々まで熟読した僕は、そこが彼女の普段の行動範囲から外れていることを知っている。おそらく好奇心を抑えきれずに僕の申し出を受けたものの、正体の知れない男を警戒する気持ちもあって、あえて自分の生活圏の外を待ち合わせ場所に指定したのだろう。

指定された時間の十分ほど前に店に入ると、白いブラウスのウェイトレスが歩み寄ってきた。

「あとでもう一人来るんですけど」

そう言ったとき、奥のほうの席についた女性が、こちらをうかがうように腰を浮かせるのが、視界の端に映った。

よく見るとその女性が、住吉一枝さんだった。SNSに投稿された結婚式の写真は一年ちょっと前のものだったはずだが、幸せ太りなのか、それとも写真の撮り方が上手かったのか、写真よりもずいぶんと太って見える。

僕はもしかして、という顔をしながら住吉さんに歩み寄った。彼女の投稿を熟読し、写真をしっかり頭に叩き込んできたせいですぐにわかりましたなんて言ったら、気味悪がられること必至だ。

「住吉さん……ですか」

「そうです。草壁《くさかべ》さんですよね」

それが僕の偽名だった。草壁タツオ。『となりのトトロ』に出てくる、サツキとメイのお父さんから名前を拝借した。ナナちゃんとの初デートの帰りに、レンタルショップで『となりのトトロ』のDVDを借りて帰った。いまではすべてのキャラクターの名前も、しっかり頭に入っている。

「お忙しいところをありがとうございます」

「いえ。かまいません」

ぎこちない沈黙が流れる。

なにか言葉を発しないと。だが頭が真っ白でなにも浮かばない。

すると僕を憐れむような目で見ながら、住吉さんはメニューを差し出した。

「なにかお飲みになりますか」

住吉さんは僕を見た瞬間から、露骨に安心したような顔になっていた。その気持ちはなんとなくわかる。僕じゃ見るからに人を騙《だま》すような才気はなさそうだし、腕力もなさそうだ。明らかに侮られている。こんな亭主じゃ浮気されてもしかたがないと、納得されたかもしれない。気が弱そうな外見で生まれて初めて得をしたが、少し複雑な気持ちだ。

ともあれ、口下手なのに一生懸命に喋っている姿が同情を誘うらしく、住吉さんはうんうんと頷きながら僕の話を聞いてくれた。

そしてひとしきり話を聞くと、言った。

「草壁さんのおっしゃっている奥さまの相手の男性って、もしかして和田課長のことじゃありませんか」

「ど、どうしてそれを……？」

驚きの演技が少しオーバー過ぎたかもと思ったが、最初からしどろもどろで挙動不審だったため、とくにそこだけ浮き上がることもなかったらしい。住吉さんは不審がる素振りもなかった。

「わかりますよ。私を相談相手に選んだのだって、SNSで私と和田課長がつながっているからでしょう」

「和田さんとは、現在でも親しくなさって――」

僕が言い終わる前から、住吉さんはかぶりを振っていた。

「安心してください。SNS上ではつながっていますけど、それだけです。和田課長、最近はぜんぜん更新してらっしゃらないから、いまどこの支店にいらっしゃるのかも知らないぐらいで」

よかった。予想通りだ。そういう関係なら、嘘を並べても怪しまれることはなさそうだ。

「住吉さんは、和田さんとは元上司と部下という関係で、よろしいですか」

「そうです。港北《こうほく》支店で三年ほど一緒でした。でも意外。和田課長って、とても部下に手なんか出す雰囲気じゃなかったのに」

やや疑わしげに目を細められ、ひやりとしたが、「僕も妻が僕を裏切るなんて、考えたことすらありませんでした」と悲しげに目を伏せると、住吉さんの視線は同情を孕《はら》んだものに変わった。

「そっか。ああいういかにも真面目で堅物《かたぶつ》っていう感じの男の人のほうが、ハマると抜け出せないのかもしれませんね」

それから僕は、和田さんには申し訳ないと思いながら、妻の不貞に気づいた経緯について話した。このところ急に友人たちと出かけると言って帰りが遅くなることが増え、スマホにもロックをかけるようになった。プライベートでも仕事の電話がかかってくることが多くなり、漏れ聞こえる音声はいつも男性のようだ。事前に考えてきた物語を、不自然にならないように顔をしかめたり、言葉を詰まらせたりしながら披露する。

話下手なのが逆に話に真実味を与えてくれるらしい。住吉さんは励ますように相槌を打ちながら、真剣に話を聞いていた。

「たしかにそれは怪しいですね。ところで、どうして相手が和田課長だとわかったんですか。草壁さんの話をうかがった限りだと、相手の男性を特定できる材料はなさそうですが……」

「正直なところ、まだ一〇〇％の確信があるわけではありません。妻の口から頻繁に名前が出てくるのが和田さんだったから、その可能性が高いと思っただけで」

「なあんだ。それなら相手は和田課長じゃないかもしれないんですね」

住吉さんは少し拍子抜けした様子だった。

「でも、妻が口にする異性の名前はそれしか――」

僕を遮《さえぎ》り、住吉さんは言う。

「草壁さんが思うより、女ってしたたかですよ。まったく後ろめたいところがない相手だからこそ、旦那《だんな》さんの前で名前を出しているのかもしれません。かりに旦那さんがこうやって相手の男性のことを調べても、潔白という結果が出るように。私はそっちの可能性のほうが高いと思うな。和田課長は不倫なんてしてません。本当の不倫相手は別にいて、和田課長はカムフラージュに使われたんです」

「どうしてそう思われるんですか。和田さんをかばっているようにも聞こえますけど」

僕はややむきになったふりをした。

「かばうつもりなんてありません。ただ和田課長は部下と不倫できるほどの度胸も魅力もあるようには思えないし、なにより、和田課長は不倫の怖さをよく知っているんです」

「どういうことですか」

住吉さんが周囲をきょろきょろとうかがい、声を落とす。

「和田課長の同期で、不倫で身を持ち崩した人がいたんです。部下の女性行員との不倫だったんですけど、かなりの修羅場《しゅらば》になったらしく、その和田課長の同期だった人――名前を言うのは気が引けるんで、かりにFさんとしておきますけど、最後にはFさんの奥さんが自殺してしまったんです。和田課長はそれを目の当《ま》たりにしているから、易々《やすやす》と不倫なんてしないと思います」

僕は息を呑んだ。急激に視野が狭くなり、心臓が早鐘《はやがね》を打ち始める。

「もしかしてFさんの不倫相手の女性は、峰岸佑子という名前ではありませんか」

住吉さんが目を見開く。

「どうしてそのことを？」

今度は僕が愕然とする番だった。

まさかと思い、確認してみたが、本当にそうだったなんて。そして峰岸さんのせいで、人が亡くなっていたとは。僕が相手にしているのは、とんでもない怪物なのかもしれない。

少し迷ったが、話しぶりから判断するに、住吉さんと峰岸さんが現在でも親しくしていることはなさそうだ。僕は自らの素性を明かし、住吉さんに接触した本来の目的を話した。最初は恐る恐るで、話を聞く住吉さんの態度を見ながら、情報を小出しにしていった。どうやら住吉さんは、峰岸さんを好ましく思っていないようだ。

「二年前にいきなり友達申請が来て、びっくりしたんです。あんな辞め方をしておいて、いったいなにを考えているんだろうって思いました。けど、私はあの件で実害をこうむったわけでもなかったし、彼女がいまどういう生活をしているのかという興味もあったんで、申請を承認したんです」

峰岸さんとSNSでつながっている理由を、住吉さんはそう説明した。彼女と親しいわけではないので、安心して欲しいと言いたいようだ。

「峰岸さんとつながっている、ほかの四人の方については？」

「みんな似たような感じだと思います。少なくとも、いまでも峰岸さんと交流を続けている人はいないんじゃないかと」

「峰岸さんが友達申請を出した五人の方に、なにか共通点はあるんでしょうか」

「それははっきりしています。峰岸さんと府中《ふちゅう》支店で一緒だった同僚です。いまは異動などもあり、それぞれバラバラになっていますが……。あ、あと、峰岸さんの不倫相手だった藤澤《ふじさわ》係長——」

住吉さんが口を滑《すべ》らせた、という感じに顔をしかめる。藤澤係長というのが、それまでFさんというイニシャルで語られていた峰岸さんの不倫相手なのだろう。

「もういいですよね。伊東さんだって、あの人に大変な目に遭わされてるんですものね」

そう言い訳をして、開き直ったように話し始める。

「私たち五人とも、藤澤係長にはかなりお世話になっていました。同じ部署に勤務していて、係長のお宅にお呼ばれして、奥さまから手料理を振る舞われたこともあったんです。だからあの騒動で奥さまがあんなことになったときには、峰岸さんにたいしてとくに憤っていました。それだけに友達申請されたときには驚いたし、信じられませんでした。言い方は悪いですが、いったいどの面《つら》を下げてそんなことができるんだ……と。私は承認しましたけど、峰岸さんからの友達申請を無視した元同僚も、何人か知ってます」

「お話をうかがっていて感じたのですが、住吉さんの話は、僕が峰岸さんから聞いた内容とは少し食い違います」

「どこが違うんですか」

「峰岸さんは、不倫相手の奥さんから嫌がらせをされたと言っていました。職場にも噂を広められてしまった、と」

「そんなこと、あるわけがないじゃないですか」

住吉さんは語気荒く言い、周囲の視線を気にするように声を落とす。

「かりに奥さまのほうから峰岸さんになんらかのアクションがあったとしても、それは峰岸さんの執拗《しつよう》な嫌がらせにたいする反撃だと思います。深夜に電話をかけられたり、差出人不明の封筒で、奥さまや娘さんを汚い言葉で罵《ののし》るような内容の手紙を送りつけられたりしたら、どうにかしないといけないと思うものでしょう。それに職場に噂を広めたのだって、藤澤係長との関係を既成事実化しようとした峰岸さんが、自分で吹聴《ふいちょう》したんです。考えてもみてください。噂を広めたところで、奥さまにはなんの得にもなりません。離婚する意思があったわけでもないのに、夫の立場が不利になるような噂を広めたって、意味がないでしょう」

僕を陥れた経緯を振り返れば、予想できた反応だった。峰岸さんは巧《たく》みな情報操作で、自らの望む状況を作り上げようとする。そういえば、中本さんから言い寄られているという話をされたこともあった。峰岸さんは、中本さんから疑いの目を向けられていることに気づいていたのではないか。だから中本さんの話を僕が信じないよう、中本さんについて悪い印象を持たせようとした。

ふと、ある可能性に思い至った。

藤澤さんと峰岸さんの間には、本当に不倫関係が存在したのだろうか。もしかして藤澤さんは、根も葉もない噂によって人生をめちゃくちゃにされたのでは――？

「藤澤さんご自身に、連絡を取ることは可能でしょうか」

すると住吉さんは表情を曇らせた。

「可能かどうかで言えば可能ですが、私は気が進みません。あの騒動以来、藤澤係長とは疎遠になっていますし、かりに連絡が取れても、係長はあのときのことを話したがらないと思います。なにしろ、奥さまを亡くされたわけですから」

どんなかたちであれ、峰岸さんにはもうかかわりたくないというのは当然の心理かもしれない。

「藤澤さんは、まだ銀行に残っていらっしゃるんですか」

「お辞めになったという話は聞かないので、たぶんまだいらっしゃると思いますが。風の噂では、いまはたしか、山陰のほうの支店勤務だと」

直接接触するのは避けて欲しそうな口ぶりだ。

話題を逸らすように、住吉さんがハンドバッグを開く。

「そうだ。写真があるんです」

そう言ってがさごそと取り出したのは、一葉の写真だった。

豪勢な料理が並べられた座卓を、七、八人が囲んでいる。背後には大型テレビやアップライト式のピアノ。ピアノの上には、旅行で購入してきたような土産物ふうの置き物や人形がずらりと並んでいる。沖縄のシーサーや北海道のマリモ、マトリョーシカやミッキーマウスも見える。かなり裕福な家庭のようだ。写真に写るほとんどの顔に見覚えがあるのは、ＳＮＳで見た人物が多いからだろう。住吉さんの姿も見える。

「以前に係長のお宅にお邪魔したときの、ホームパーティーの写真です。和田課長も写っているし、本当はこの中に草壁さんの奥さまもいらっしゃるのかと思って、なにかの参考になるかなと持ってきてみたんですけど……ちょうど係長と峰岸さんも写っているから」

「失礼します」

僕は写真を受け取った。

「これが藤澤係長」

住吉さんが身を乗り出しながら指差してくる。

藤澤さんの顔を見たことはなかったが、住吉さんから教えられる前になぜかこの人だとわかった。運動部のキャプテンがそのまま年齢を重ねたという雰囲気の、短髪で爽《さわ》やかな感じのする男性だった。その隣にいるのが、藤澤さんの奥さんだろう。この後自殺したという予備知識のためか、どことなくはかなげな印象を受ける。

面識はない。そのはずだ。だが藤澤夫妻——とくに夫のほうには、なぜかどこかで会ったような気がしてならなかった。どこで会ったのだろう。

「そしてこれが峰岸さん」

「本当ですね」

峰岸さんは縦長《たてなが》の座卓を縦に捉えた構図の、一番の奥の席から、こちらを見つめていた。いまよりもやや髪が短い。正直なところ、こうやってあらためて見てみても、彼女があれほどの暗い情念を抱えているなんて信じられない。

そしてふと、既視感を覚えた。

あのSNSアカウントのプロフィール写真は、この写真から峰岸さんの顔の部分だけを切り取ったものか。そのことを告げると、住吉さんも首肯《しゅこう》した。

「だと思います。二年前に開設したアカウントのプロフィールに、六年以上前に撮影した写真を使うなんて怖いですよね。私もそのことに気づいたときは、彼女がまだ藤澤係長への想いを引きずっているんだと思ってぞっとしました」

僕も粟立つ腕を擦りながら、写真に見入った。遠慮がちにピースサインを作り、かすかに口もとをほころばせた峰岸さんは、顔立ちこそ整ってはいるが、けっして目立つ印象ではない。

この写真から得られるすべての情報を吸収してやろうと、じっと目を凝らして隅々まで見入った。

そのとき、ふいに閃《ひらめ》きが全身を駆け抜け、視界が揺れた。

僕はある物を見間違えていた。

まさか。そんな。いや、そんなはずがない。きっと思い過ごしだ。

写真を見つめたまま固まった僕を、住吉さんが怪訝そうに覗き込む。

「どうなさいました？　大丈夫ですか」

「この写真。ほかに誰が持っていますか」

住吉さんは困惑した様子だ。

「ここに写っている人は、みんな持っていると思いますよ」

「データで？」

「いえ。係長が焼き増ししてくれたので」

「ということは、これは藤澤さんが所有するスマホかデジカメで撮影されたんですね」

「はい。係長のデジカメだったと思います。それがなにか？」

なにをそんなに驚いているんだという感じに、上目遣いで覗き込まれる。

だが応えることはできなかった。

14

二日後。

待ち合わせ場所のＳＨＩＢＵＹＡ　ＴＳＵＴＡＹＡ一階に現れた峰岸さんは、見違えるほど綺麗だった。花柄のタイトスカートにオフホワイトのニットを合わせ、紺《こん》色のコートを羽織っている。髪もいつもと違って下ろしており、美容院に行ってきたのか、緩やかなウェーブがかかっていた。

僕を見つけて笑顔で駆け寄ってくる様子があまりに無邪気で、逆に恐ろしい。だが僕は自分の気持ちを押し殺し、笑顔を作った。

ヘッドフォンを外し、試聴機のホルダーに戻す。

「こんにちは。待ちました？」

「いえ。音楽を聴いてたから平気です」

僕がいるのは、ＦＵＮＫＩＳＴというバンドの試聴コーナーの前だった。ナナちゃんとの待ち合わせの際にナナちゃんが聴き入っていたアルバムを、僕も聴いていた。

「よかった。それじゃ、行きましょうか」

峰岸さんは僕が聴いていたものには興味なさそうに、腕を絡めてくる。

出入り口へと歩きながら顔をひねると、弾《はじ》けるような笑みが返ってきた。ああ、狂ってるなとぼんやり思う。この人はどんな手段を使っても、その過程でどんなに他人を傷つけても、まったく気にならないんだ。小さな子供がおもちゃを欲しがって駄々をこねるみたいに、いろんな人を欺《あざむ》き、騙し、陥れ、傷つけて、自分の欲しいものを手に入れてしまう。これまでずっとそうやって生きてきたのだろう。そしてこれからも。僕は二日前に見た藤澤夫妻の写真を思い出し、胸が痛くなる。

映画館に入り、並んで座席につく。予告編に続いて本編が始まった。この作品を観るのは二度目だ。前回はナナちゃんと一緒だった。上映開始に遅れそうになり、人混みを進むのが下手くそな僕の手を、ナナちゃんは握って走ってくれた。上映の間、ときどきあのときのぬくもりを思い出しては、ナナちゃんの行動の意味を考えたっけ。

ふいに隣から手がのびてきて、僕の手を握る。僕は峰岸さんの手を握り返しながら、ナナちゃんの手はもっと柔らかくて、温かかったと思う。

本編が終了し、エンドロールが流れ始めると、峰岸さんはそそくさと帰り支度を始めた。マーベルコミックの映画は、エンドロールの後に、次回作へつながる重要な映像が流れるんだけどな。さっさと席を立つ彼女を身を低くして追いながら、ナナちゃんの「予告編からが映画でしょ！」という言葉を思い出した。

「ちょっとお茶しませんか」

映画館を出た僕は、すんなり彼女を誘うことができた。ナナちゃんのときは、食事に誘うだけであれだけ勇気を振り絞ったというのに。

迷いのない足取りでロクシタンカフェに入って行く僕を追いながら、峰岸さんが意味深な表情を浮かべる。

「公洋さん。いつも来てるんですか」

「いえ。初めてです。どうしてですか」

「こんな女子受けしそうなお店を選んだのが、意外だったんです」

「峰岸さんのために事前にネットで調べておいたんですよ」

口からするりと嘘が滑り出たことに、自分でも驚いた。

僕はコーヒー、峰岸さんはジャスミンティーを注文する。ナナちゃんはローズティーだったなと、思い出した。彼女のことなら些細《ささい》なことでも覚えている。発した言葉や、ちょっとした仕草まで、すべて思い出せる。頭の中のメモ帳を開けば、いつだって。いまとなってはそれがいいことなのかもわからないけど。

僕はコーヒーのカップに口をつけ、訊いた。

「どうですか。事務所のほうは」

「公洋さんが急にいなくなったものだから、てんてこまいです。今日だって、休日出勤してくれって所長から頼まれたのを断るのが大変だったんですから」

僕を追い出すように画策した張本人の言葉とは思えないが、彼女には罪の意識などないのだろう。僕は彼女の望む人格を演じることにした。ようするに、彼女の欲しい言葉を発し、彼女の意を汲《く》んで行動する人形になればいいのだ。

「あの所長の頼みを断るなんて、大変だったでしょう。僕のためにそこまでしてくれて、どうもありがとうございます」

「平気です。私も今日を楽しみにしていましたから」

　峰岸さんは笑顔で手をひらひらとさせた。

「みんなは元気にしていますか。急に辞めることになってきちんと挨拶もできなかったので、申し訳ないと思っているんです」

「みなさん、公洋さんのことを心配していましたよ。たった一つのミスで解雇だなんてやり過ぎだと、怒っていました。あ、そうそう。中本さんが、伊東くんによろしく伝えておいてくれって」

「僕と今日会うこと、中本さんに言ったんですか」

「本当は隠しておこうと思ったんですけど、ちゃんと理由を説明しないと、休日出勤させられそうだったから。楽しんでおいでって、みんな快く送り出してくれました」

　いっさい悪びれたところのない峰岸さんの言動に、僕はなかば唖然《あぜん》としていた。だが考えてみれば僕に話した内容だって、どこまで本当かわからない。事務所に大損害を与えてほんの三日前に解雇されたばかりの元同僚とデートするのに「楽しんでおいで」なんて呑《のん》気《き》に声をかける人間がいるだろうか。

だが相手は普通ではないのだ。僕は疑問を顔に出さないようにつとめた。

「そうですか。よかった。中本さんは元気ですか」

「はい。相変わらず所長の陰口をぶつぶつ言いながら、嫌そうに仕事なさっています」

「あの人、僕にケツまくるなら早いほうがいいぞって言っておきながら、自分はいつまでも辞めませんよね」

「中本さんは結婚なさっていますから。奥さんとお子さんを路頭に迷わせるわけにはいかないから、辞められないんだってこぼしてらっしゃいます。大変そうだけど、うらやましい。私も早く結婚したいな」

さすがにその発言には、思わず頬が引きつった。あれほど中本さんのことをあしざまに言っておきながら、この変わり身の早さはなんだ。その場しのぎの思いつきで嘘をついているだけで、自分がどんな嘘をついたのかも覚えていないのか。彼女にとって嘘とは、それほど軽いものなのか。

それでも僕は笑顔を絶やさず、彼女の話に相槌《あいづち》を打ち、彼女が欲しいであろう答えを返した。どこまでが本当か判断がつかないような話もあったが、彼女の言っていることが本当か嘘かなんて、もうどうでもいい。

一時間ほど会話して彼女の気分をよくした後で、僕は切り出した。

「この後、予定は？」

「ありません。今日はたっぷり相手をしてもらうつもりで、丸一日空けているんです」

楽しみでしかたがないという感じに、彼女の肩が上下する。

「それじゃ、これからホテルに行きませんか」

「えっ……」

さすがに驚いたらしい。峰岸さんが絶句する。

僕は手をのばし、テーブルの上にあった彼女の手に、自分の手を重ねた。一瞬、びくっと動いた彼女の手から、すぐに力が抜ける。

「二人きりになって、もっとあなたのことを知りたい。いけませんか」

「いけなくは……ありませんけど」

急展開に戸惑《とまど》うように彼女が視線を泳がせる。僕は決意を促そうと、眼差しと、彼女の手を握る手に力をこめた。

「行きましょう」

僕は腰を浮かせ、彼女の手を軽く引く。

彼女は抵抗しなかった。

この手がナナちゃんの手だったらどれほど幸せだろうと、僕は思った。

第二章

1

取調室の扉が開き、二人の男が入室してくる。

一人はいかにも刑事らしい刑事といういかつい風貌《ふうぼう》の、五十がらみのごま塩頭。もう一人はごま塩頭の息子ぐらいに見える、ほっそりとした背の高い眼鏡。

ごま塩頭がデスクを挟んだ私の正面の椅子を、背の高い眼鏡が、ノートパソコンの設置された小さなデスクの前の椅子を引く。

ごま塩頭の男は、浅黒い顔の目尻《めじり》に深い皺を何本も刻んだ。そうすると周囲の皮膚が引っ張られ、顔じゅうが皺だらけになる。最初はどこか痛いのかと思ったが、どうやら笑っているらしい。

「はじめまして。峰岸――」

そう言いながら、手もとの捜査資料に目を落とす。老眼らしく、書類を遠ざけたり近づけたりしている。

「佑子です」

私が名乗ると、ごま塩頭は顔じゅうを皺だらけにした。

「そうでしたそうでした。峰岸佑子さん。これからあなたの取り調べを担当する警視庁捜査一課の仲宗根《なかそね》といいます。あっちの若いのは、渡部《わたべ》」

顎をしゃくられた背の高い眼鏡が、猫背をわずかにのばしてこちらに会釈する。

「仲宗根さん。沖縄の方ですか」

私の質問が意外だったのか、仲宗根がきょとんとした顔になる。だがすぐに皺だらけになり、顔の前で手を振った。

「祖父が沖縄出身だという話を聞いたことはありますが、私自身は東京生まれの東京育ちです。沖縄どころか、関西より西にも行ったことがありません。峰岸さんは、福岡のご出身でいらっしゃるんですよね」

「そうです」

「渡部が長崎なんですよ」

立てた親指を向けられた渡部が、こちらに顔をひねる。

「まあ。そうなんですか。長崎はどちら？」

「佐世保《させぼ》です」

渡部は油断するとなにを言っているか聞き取れないような、ぼそぼそとしたしゃべり方だった。

「佐世保ですか。私、ハウステンボスに行ったことがあります」

「そうですか。僕もいつか行ってみたいと思っているんですが、まだないんです。長崎出身とはいっても、小学校に入ってすぐ、父の仕事の都合で家族で東京に越してきたので、長崎の記憶はほとんどないんです」

「そうだったのか」

仲宗根は意外そうだった。

「はい。これまでにも何度かお話ししましたけど」

「そうだっけ。おれ、そのとき酔っ払ってなかったか」

「酔ってらっしゃいました」

「なら覚えてるわけがない」

きっぱりとそう言って、仲宗根がこちらに向き直る。

「よく知っているつもりの間柄でも、知らないことってけっこうあるものですな」

皺だらけの顔でごま塩頭をかいた。私は微笑を返す。

仲宗根が気を取り直すように、椅子をわずかに引いた。ががっ、と椅子の足が床を擦る音が、狭い密室のコンクリートの壁に反響する。

「容疑についてはじゅうぶんにご存じだと思います。ええと、逮捕状の文言によると、あなたは一昨日、渋谷区道玄坂《どうげんざか》のラブホテルの一室において、部屋の備品であった真鍮《しんちゅう》製の燭台《しょくだい》で被害者・伊東公洋さんの頭部を十数回にわたって殴打した。その後は必要な救護措置をとらず、警察や救急への通報も行わずに現場から逃走し、被害者を死に至らしめた……とあります。間違いありませんか」

「その通りです」

「そうですか。間違い、ありませんね」

仲宗根が、ゆっくりと、噛んで含めるような口調で念を押してくる。

そんなに慎重にならなくても私は逃げも隠れもしない。

「ええ。間違いありません。私が彼を、殺しました」

否認の可能性も想定していたのか、仲宗根が安堵したように息をつく。背後に顔をひねって渡部と目配せを交わしてから、話を続けた。

「なぜ殺したんですか」

「彼が浮気しているのを知ってしまったからです」

仲宗根がわずかに眉をひそめた。

「つまり、あなたと被害者の伊東さんは交際していたと?」

「そうです」

仲宗根が困ったように唇を歪め、こめかみをかく。

「我々の捜査では、そのような事実は把握できていないんです。伊東さんの友人によると、あなたから映画に誘われて迷ったものの、断ることにしたと告げられたそうです」

初耳だった。友人というのは、あの森尾という売れない役者だろうか。

「ですが断られてはいません。あの日ホテルに向かう前、私と公洋さんは映画に行きました。半券は証拠としてお渡ししましたよね」

「ええ。たしかに受け取りました。映画館備え付けのカメラからも、お二人の入場が確認されています」

「だとしたらどちらの言っていることが真実なのか、考えるまでもないのではありませんか」

「まあ。そう……ですが」

仲宗根がたじたじとなる。

「そもそもあの日、私たちは一緒にホテルに入ったんです。私が強引に引きずり込んだのでも、泣き落とししたのでもなく、彼から誘われて、お互いの合意のもとでホテルに向かったんです」

「その様子も、ホテルの防犯カメラで確認済みです。あなたと伊東さんが、仲睦《なかむつ》まじく腕を組んで入ってくるところが映っていました。フロントの従業員からも、とくに不審な点は見当たらなかったと聞いています」

私は自分の正しさを証明するかのように、胸を張った。

仲宗根がご機嫌うかがいするような、卑屈な上目遣いになる。

「あなたと伊東さんの関係は、周囲には秘密にしていたということですね」

「そうです。職場恋愛が禁止というわけでもなかったのですが、彼は所長に目の敵にされていて、同僚に手を出したとなるとさらに当たりがきつくなるのは目に見えているから、内緒にしておこうって、彼が」

「だからあなたと伊東さんの関係を知る方がいなかった、と」

「飲み会なんかでそういう質問をされるときに、恋人がいないと答えるのは心苦しかったし、彼がそう答えているのを見るのも辛かったのですが、彼の職場での立場を考えれば、しかたないと自分に言い聞かせていました。なのに、その状況を利用してほかの女の子に声をかけるなんて……」

感情が昂《たか》ぶって視界が潤《うる》む。

仲宗根は私が涙を収めるまで、辛抱《しんぼう》強く待ってくれた。

「すみません。彼に裏切られるなんて考えてもいなかったもので、まだ気持ちの整理がついていなくて」

「あなたの気持ちの整理はいずれつくかもしれませんが、伊東さんが目を覚ますことは、もう二度とないんです」

やや怒気をはらんだような、押し殺した口調だった。

「わかっています。とんでもないことをしてしまいました」

仲宗根の咎《とが》めるような視線を感じる。

「伊東さんが浮気していると、どのようにして気づかれたのですか。以前から薄々勘づいていらっしゃったのですか？」

「いいえ。まったく。ホテルで彼がトイレに入っているときに、たまたま彼のスマホにメッセージが届いたのを見たんです。ナナちゃんという、大学生の女の子からでした」

すでに調べはついているらしい。仲宗根が資料を見ながら確認する。

「田代《たしろ》、奈々《なな》さんですね。帝国《ていこく》女子大の三年生の」

「そうです」

「田代さんとは、面識がおありになったんですか」

仲宗根の質問に、私は頷いた。

「一度だけ。彼女が事務所まで押しかけてきて、一緒に飲んだことがありました」

「その一度きりなんですね」

「はい。ナナちゃんが公洋さんに好意を寄せているのはなんとなくわかりましたけど、公洋さんは、彼女には友達の森尾さんが勝手に声をかけただけだし、自分は興味ないから気にすることはないよと言ってくれたので、信じていたんです。まさかその後も彼女と連絡を取り合っていたなんて、考えもしませんでした」

「ちなみにその、田代さんからのメッセージの内容は？」

すでに知っているはずだが、仲宗根が確認してくる。

「この前、一緒に観たあの映画を友人に薦《すす》めたら、友人も観に行って、おもしろかったと言っていたよ……という感じの内容でした。言うまでもありませんが、その映画というのは、私と公洋さんがその直前に二人で観た映画です。公洋さんはまったく初めてのような顔をして、実際にはナナちゃんとすでにその映画を観ていたんです」

うんうんと頷きながら、仲宗根が先を促す。

「それで？」

「私はトイレから出てきた公洋さんを問い詰めました。公洋さんは知らないととぼけていましたが、私がメッセージのやりとりを確認させてくれと言うと、おれの言うことが信じられないのかと怒り出しました。私はそれでも粘り強く要求し続けました。それまでは心から彼のことを信用していたので、嘘を暴きたいというより、安心させて欲しかったんです。やがて公洋さんは、逆ギレしたようにロックを解除したスマホを、私に投げてよこしました。アプリを確認してみると、ナナちゃんと一日に何度もメッセージのやりとりをしていました。震えが収まりませんでした。彼はふてくされたように私に背を向け、ベッドに腰かけていました。ふと、ベッドサイドにある真鍮製の燭台が目に入りました」

話しているうちに、映像がくっきりと脳裏《のうり》に浮かぶ。まるでそれが、現実に起こったことのように思えてくる。

「それで燭台を手に取り、背後から伊東さんを殴りつけた？」

仲宗根の質問に頷きかけて、思い直す。最初の一撃は、頭の前部、額《ひたい》の近くだったはずだ。

「殴りかかる直前に、彼は振り向きました。彼の驚いた表情が、いまでも目に焼き付いています」

これで大丈夫。遺体の傷と私の供述が一致する。

「ふむ……」

顔の前で手を組み、痛ましげに目を閉じていた仲宗根が、まぶたを開けた。その視線は、私の左手首のあたりに注がれている。

「ちなみにその手首の痣《あざ》は、どうやって?」

「えっ……」

私は思わず手を引きかけた。だがそんなことをすれば、自分から怪しいと言っているようなものだ。シャツの袖《そで》を捲《まく》るようにして、左手首を露出させてみせた。

「これですか」

「ええ。それです。痛そうですね」

仲宗根が自分の手首を触りながら、自らも痛そうに顔をしかめる。

青黒く細長い痣が、私の手首に巻き付くように半周していた。

とっさに考えてみたが、うまい言い訳が思いつかない。

「いつの間にできたのか、よくわかりません」

さすがに少し苦しいかと思ったが、仲宗根はふうんという感じに頷いた。

「よくわからないうちに痣ができることって、ありますよね。それにしても、こういうかたちの痣ができるというのは、あまり聞いたことはありませんが……」

しげしげと見つめられ、ついに耐えられなくなった。私は袖を引きおろし、痣を隠す。

仲宗根は関心を失った様子だった。

「すみません。話が逸れてしまいました」

「いえ」

私は完全に自分を律することができなかったことに、内心で舌打ちをする。

「ちょっとお伝えしづらい事実なんですが」

仲宗根が気まずそうにこめかみをかく。

「なんでしょう」

「田代さんに話をうかがったところ、伊東さんとの間に肉体関係はなかったそうです。一緒に映画を観に行ったのは事実ですが、それ以上の関係はなく、あくまで友人の一人に過ぎなかったとおっしゃっています」

「本当ですか？」

私は前のめりになって訊いた。

「ええ。心情的な部分でどうだったかまでは、私どもにはなんとも言えません。しかし少なくとも、伊東さんは一線を越えていなかった。あなたは彼を想うあまり、彼にありもしない濡れ衣を着せ、殺害したことになります」

「嘘……」

私は声を震わせた。喉の奥に力をこめるうちに、視界が滲んでくる。

「私、なんてことを……」

何度か目をしばたたかせ、涙を絞り出す。一筋の涙が頬を伝うところを見せつけた後で、両手で顔を覆い、デスクに突っ伏して嗚咽《おえつ》した。

2

「――さん？　仲宗根さん？」

呼びかけられていることに気づき、仲宗根憲尚《のりひさ》は我に返った。

隣のデスクから、渡部が丼《どんぶり》を持ったまま心配そうに見つめている。仲宗根も左手に丼を持ち、右手に箸《はし》を持っていた。だが右手はいっこうに動いておらず、カツ丼のカツは一切れしか減っていない。

「どうしたんですか。ぼーっとしちゃって」

「なんでもない。ちょっと考え事をしてた」

思い出したように箸を動かし、飯をかき込む。

いっぽう渡部は、ちょうど食べ終えたところのようだった。丼をデスクに置き、代わりに湯呑みを手にする。食が細く食べるのも遅い渡部にこれほど差をつけられるとは、いったいどれだけの時間、ぼんやりと考え込んでいたのだろう。

二人は刑事部屋で昼食を摂《と》っていた。仲宗根が取り調べを担当する峰岸佑子も、いまは食事をしているはずだ。

「考え事って、今回のヤマについてですか」

「ああ」

「なにが引っかかっているんですか。被疑者は犯行を自供していて、動機もはっきりしているし、物証も揃っています。単純な痴情《ちじょう》のもつれですよね」

渡部の言う通りだった。峰岸佑子の犯行に疑いの余地はない。峰岸自身も犯行を認めており、取り調べにたいしても協力的であるから、否認や黙秘をする被疑者などよりも、よほど簡単な事件のように思える。

それでも仲宗根は、佑子の供述をすんなりと受け入れる気にはなれなかった。

「どこまで本当のことを話してるんだろう」

仲宗根の呟きに、渡部が怪訝そうに目を細める。

仲宗根は渡部を見た。

「あの女、おれが自己紹介したとき、沖縄の方ですかって訊いてきた」

「それが、なにか?」

なにがおかしいんだという感じに、渡部が首をひねる。

「沖縄に多い苗字《みようじ》だから、沖縄出身かどうか訊ねたんだろう。初対面の相手の苗字を話題にする、なんてことないただの世間話だ」

ますます混乱したように、渡部が眉間《みけん》に皺を寄せた。

仲宗根は焦《じ》れたような口調になる。

「冷静きわまりないってことだ。殺人容疑をかけられた女が取調室でデカと向き合って、いきなりあんななんでもない世間話を振るんだぞ。まともじゃない」

「言われてみればそうかもしれませんが……」

こうやって語尾を濁《にご》すときの渡部は、仲宗根の言説に納得していない。

「それにあの痣。覚えてるだろ」

仲宗根は自分の左手首を右手で摑みながら言った。

「はい。もちろん」

「あれは、強い力で押さえつけられたときの痣のでき方だ。峰岸は……伊東に襲われたんじゃないか」

「伊東って、ガイシャの伊東ですよね」

　渡部が目を丸くする。

「そうだ」

「それはおかしいと思います。二人は交際していて、一緒にホテルに入っているんです。ホテルのエントランスに設置された防犯カメラの映像を見る限り、峰岸のほうが伊東に寄り添っていて、伊東に強要されたような印象はまったくありませんでした。あれで部屋に入ってそんなつもりじゃなかったなんて言われたら、男はたまったものじゃないですよ」

「必ずしも性交を拒否したために、争いになったとは限らない。たとえば峰岸の供述通り、峰岸が伊東の浮気の痕跡《こんせき》を発見し、問い詰めたとする。伊東が逆上し、峰岸に暴力を振るう。暴力から逃れようとした峰岸は、とっさに近くにあった真鍮の燭台を手に取り、伊東の頭に振りおろした……それならば、入室する前の熱々ぶりとの整合性がとれる」

　頭の中で犯行の状況を再現しているのか、凶器を振りおろす動きをしていた渡部が、しかめっ面を左右に振った。

「それでもやっぱりおかしいです。もしも伊東から先に襲いかかったとすれば、峰岸には正当防衛を主張できる可能性があります。みすみすそのチャンスを逃すっていうんですか」

「正当防衛はさすがに苦しいと思うがな、遺体のあの惨状《さんじょう》を見れば。せいぜい傷害致死だろう」

仲宗根は苦笑しながら肩をすくめた。

遺体の頭部には第一撃と思われる左前頭部のほかに、十数回にわたる打撃が加えられた痕跡があり、顔面は人定が不可能なほどに変形していた。相手の抵抗がなくなった後、ことによっては相手が絶命した後にまで、執拗に攻撃を加えたと思われる。強い恨《うら》みを感じさせる犯行手口だ。

とはいえ、減刑を狙うならば正当防衛を主張するのが一番だろう。密室の出来事だ。死人に口なしでなんとでも言える。だが峰岸は、最初から正当防衛の可能性を放棄した。

「結局、伊東は浮気をしていなかったんだよな」

「ええ。田代奈々の話を信じるならば、ですが」

肉体関係がなかったというのは、嘘ではないと思う。伊東と田代奈々のメッセージのやりとりは、お互いにほのかな恋心を抱いていることが伝わってくるものの、深い関係を匂わせるものではなかった。

「だけどどこからが浮気かっていう線引きは、人によってだいぶ違いますからね。それこそ二人きりで映画を観に出かけた、二人きりで食事をした。それだけでも浮気と捉える人はいますから。あの二人のメッセージのやりとりは高校生カップルみたいなかわいいものでしたけど、かりに伊東と峰岸の仲が倦怠期《けんたいき》に入っていたとすれば、あんな初々《ういうい》しいやりとりを見せられたら嫉妬に狂うかもしれません」

「まあ、な」

だがどうしても腑に落ちない。

「そもそも、峰岸と伊東は本当に交際していたんだろうか」

「そこからですか」

渡部はややあきれたように笑った。

「伊東は田代奈々とは頻繁にメッセージのやりとりをしていたが、峰岸とは一度もない」

「伊東と峰岸は同じ職場で、毎日のように顔を合わせていたから、その必要がなかったんじゃないですか」

「だからと言って一緒に住んでいたわけでもあるまいし、いっさいメールも電話もしないというのは、不自然じゃないか」

「二人の同僚の話によれば、伊東が所長の目の敵にされていたのは事実みたいですから、用心に用心を重ねたのでは」

「用心を重ねるからこそ、普通は携帯で連絡を取り合うんじゃないか」

「かもしれませんけど、カップルのかたちってのは本当にいろいろですからね。僕の友人には、平気で恋人と三ヶ月くらい音信不通になるってやつだっていますし」

「それで付き合ってるって言えるのか」

「僕もそう訊ねましたけど、本人は付き合ってるって言い張るんですよ。そういうカップルだっているんです。たとえば伊東と峰岸がそういう距離感で交際していたとして、そこに登場した若く魅力的な田代奈々に伊東がのぼせ上がり、峰岸とは行っていなかったメッセージのやりとりを頻繁に行うって可能性も、あるんじゃないですか」

渡部はおそらく、伊東と峰岸が交際していたかなんてどうでもいいと思っている。峰岸自身がすでに犯行を認めているためだ。起訴するのに必要な程度の供述の整合性がとれれば、それでじゅうぶんとでも考えているのだろう。気持ちはわからないでもない。

「最初に襲ったのは伊東のほうなのに、峰岸がその事実を隠して自分から手を出したことにするって可能性のほうが、ありえないと思いますけど」

渡部の言い分も一理ある。峰岸の話を鵜呑みにして供述調書を作成すれば仕事が済むものを、なにもわざわざ事態を面倒にすることはないと、自分でも思う。

だがどうしても引っかかる。

あの女は嘘をついている。目的は見当もつかないが、正義と真実を希求すべき警察が、あの女に翻弄《ほんろう》されたまま、あの女の望むかたちで捜査を終わらせていいのか。

しばらく黙考した後で、仲宗根は顔を上げた。

なにも言わずとも、渡部は察したらしい。

「わかりました。誰に話を聞きに行くんですか」

観念したように肩をすくめ、椅子の背もたれにかけていたジャケットを手にした。

3

昼食を挟んですぐに取り調べ再開かと思っていたが、ふたたび取調室に誘導されたときには夕方になっていた。

私の目の前には、午前中に見たのと同じ顔ぶれがいる。取調官の仲宗根と、記録係の渡部だ。

「お待たせしてすみませんでした。実は気になることがあって、スマイル法務事務所のほうにうかがってきたんです」

仲宗根は卑屈っぽくごま塩頭をかいている。

「伊東さんが解雇されて、一週間も経たないうちにあんな事件が起きて峰岸さんまでいなくなって、大変お忙しいようでした。そんな中でお話をうかがうのは、なかなか心苦しいものがありました」

「職場の皆さんには、ご迷惑をおかけすることになって申し訳ないと思っています」

「あなたもかなり貴重な戦力と捉えられていたようですね」

「貴重かどうかは自分では判断がつきかねますが、簡単な登記申請書なら作成を任されてはいました」

仲宗根が感心した様子で唇をすぼめる。

「失礼ですが、峰岸さんはパート勤務でいらっしゃいますよね」

「そうですが、スマイル法務事務所には司法書士資格を有する人間は二人しかいません。所長と、所長とは古くからの友人である部長です。あとは正社員であれ、パートであれ、補助者という立場で職務にあたっています」

「そうなんですか。不勉強なもので、そういう内情は存じ上げませんでした。それでは、あなたも所員さんと同様の仕事ができるわけですね」

「まだ入所半年なので、勉強中の身でしたが」

「でも登記申請書の作成ならできた」

「はい。権利関係が複雑でないものに限りますが」

「つまり、どうすれば登記手続きが滞るかもわかっていた」

　仲宗根がなにを言わんとしているか理解できずに、私は眉をひそめた。

　一瞬の沈黙の後、仲宗根がぽんぽんと自分の頭を叩く。

「突然失礼なことを申してすみません。実はあなたの同僚の一人から、ちょっと聞き捨てならない話をうかがったものですから」

　その瞬間に、中本の顔が脳裏に浮かんだ。

「なんでしょう」

「伊東さんが解雇されたきっかけは、仕事で大きなミスを犯したからですよね」

「そうです。相続にまつわる所有権移転登記です。必要書類を送付し忘れていたために登記の手続きが止まってしまい、その間に、依頼人とは利害の対立する依頼人の弟に登記を横取りされてしまったという話でした」

「それなんですが、ある人の話によると、伊東さんがそんな単純かつ致命的なミスを犯すはずがないとおっしゃるんです。よしんばそんなことがあったとしても、送付し忘れた書類をデスクの抽斗に隠しておくような、子供じみた隠蔽工作をするはずがない。誰かが伊東さんを陥れたに違いない、と」

「私が公洋さんを陥れたと、そうおっしゃりたいんですか」

「そこまでは申し上げていません」

「でもいまその話を持ち出すということは、そういうことですよね」

仲宗根が無言で肩をすくめる。

私は内心で舌打ちをした。あの中本という男、茫洋《ぼうよう》としたたたずまいがすべてを見透かしているようで、最初から不気味だった。どうにかして排除しておくべきだった。

そしてこの仲宗根という男も、かなりの食わせ者のようだ。私が罪を認めているというのに、供述を鵜呑みにせずに裏を取ろうとしている。

「仲宗根さんがおっしゃるある人というのは、中本さんのことですか」

「それは申し上げられません」

仲宗根はかぶりを振った。

「ほかの方ならともかく、中本さんの言うことだけは信用しないでください」

「なぜですか」

「私はあの人からしつこく誘われていたからです」

仲宗根が不審げに眉をひそめた。

「誘われていたというのは？」

「ホテルにです。何度もお断りしたんですが、諦めてくれなくて。最近では、この事務所で働けなくしてやると脅迫めいたことも言われるようになっていました」

「そうでしたか」

仲宗根はどこかつまらなそうに顎をかいていた。私の話を信じていないようだ。

「伊東さんは、どうおっしゃっていたんですか。あなたは伊東さんと交際なさっていたんですよね。突然解雇されたことについて、彼は恋人であるあなたに、なんと言っていたんですか」

「なにも考えられない……そう言っていました。とても落ち込んでいて、見ていられませんでした」

「奇妙ですね。そんな状態なのに、呑気にあなたとデートしていたんですか」

「そんな状態だから、です。落ち込んでいる彼を元気づけようと、私が彼を強引に連れ出したんです」

むきになってしまい、語気が鋭くなる。

仲宗根は驚いたように顎を引き、眉を上下させた。

「気を悪くされたのなら申し訳ありません。そんなつもりではなかったのですが」

「別に、気を悪くなんてしていません」

そう言いながら、口調にはまださきくれが残っている。いけない。この刑事は私を挑発しようとしている。感情を抑えないと。

「突然解雇されて放心状態に近かった伊東さんを元気づけるために、あなたは彼をデートに連れ出した。なのに浮気の疑いをかけて彼を責めたんですか。仕事を失って落ち込んでいる彼には、それどころじゃなかったでしょうに」

かちんときた。

「なにが言いたいんですか」

吐き捨てるように言った後で、感情的になり過ぎてしまったことに後悔する。これでは仲宗根の思う壺《つぼ》だ。

「落ち着いてください。私は状況を整理しようとしているだけです」

両手を向けてくる壮年の刑事の声がどこか弾《はず》んでいるように聞こえたのは、気のせいだろうか。

4

「伊東さんとの出会いから、順を追って話してくれませんか」

二日目の取り調べは、仲宗根のそんな言葉から始まった。

「出会いはおよそ半年前です。パートとして採用されたスマイル法務事務所で、彼と出会いました」

正直なところ、最初はほとんど存在を意識しなかった。記念すべき出会いの瞬間の記憶は、曖昧《あいまい》だ。だが知らないうちに心に入り込んだ彼は、乾いた岩に染みこむ雨水のように、いつの間にか私を浸食していた。潤《うるお》いを知るということは、同時に渇《かわ》きを知るということだ。私は彼を求めるあまり、強烈な渇きを自覚するようになった。

仲宗根が手もとの資料に視線を落とす。

「スマイル法務事務所の前は、マナベ電器商会で事務のアルバイトをなさっていたんですよね。ここにはどれぐらい勤務なさっていたんですか」

「二年……ほど、でしょうか」

「それ以前はたしか、狛江銀行でしたね。こちらは」

「一年半ほどです」

「一年半……」噛み締めるように呟き、仲宗根が顔を上げる。

「もったいないですな。新卒で入った銀行をそんなに短期間で辞めるなんて」

「そうでしょうか。人それぞれでしょう」

突き放したような言い方をすると、仲宗根が肩をすくめてごま塩頭をかく。

「たしかにおっしゃる通りです。申し訳ない。私も子供が二人いるもんですから、つい親目線になってしまいました」

私はふん、と鼻を鳴らした。

「私の人生です。親なんて関係ありません」

「しかしお父上が汗水垂らして働いて大学まで行かせたのに、せっかく入った就職先を一年半で辞められると――」

強い口調で遮った。

「私に父はいません」

仲宗根がきょとんとした顔をする。

「大学には奨学金で通いました。母からは一銭ももらってません」

「そうでしたか。失礼しました」

私の母は、二十一歳でシングルマザーとして私を産んだ。父親は母が働いていたスナックの常連客だそうだが、母の妊娠を知ったとたんに行方をくらませたという。それでも産むという選択をした母にたいし、産んでくれてありがとうなどと、感謝する気にはなれない。母は私を産んでからも、母親になることはできなかった。久留米《くるめ》の実家に私を預け、夜な夜な男友達と遊び歩く毎日を送った。私は母方の祖母に育てられた。育てられたといっても、愛情をふんだんに注がれたわけではない。寝る場所と、最低限の衣食住を提供されただけだ。祖母は生活保護で暮らしており、貧しかった。貧しさからくる苛立ちをたびたび私にぶつけた。それは言葉であったり、暴力であったりした。満足に服も買ってもらえない私は、何日も同じ服を着て小学校に登校した。そんな私を、同級生たちはばい菌《きん》と呼んであざ笑った。私に触れると感染するらしく、私の触れた物を押しつけ合って遊んでいた。

私は父が迎えに来る妄想をして、自分を慰めるようになった。まだ見ぬ父は洗練された身なりをしており、けっして私に手を上げることはなく、私の欲しいものはなんでも買い与えられる財力を持っていた。場末のスナックの常連客で、ねんごろになったホステスの妊娠を知って逃げ出すような男が、そんなにスマートな人物のはずはない。だが、想像するだけなら自由だ。私は自分に都合よく、想像上の父を肉付けしていった。

もしかしたら、いまでも父を探しているのかもしれないと思うことがある。私を無条件に受け入れ、温かく見守り、すべてを与えてくれて、けっして裏切ることのない想像上の父を。

「ええと。狛江銀行の後が、もうマナベ電器商会ですか」

仲宗根が資料を見つめ、眉間に皺を寄せる。

「いいえ。その間にコンビニでアルバイトをしていました。ハートフルマート飯田橋《いいだばし》駅前店です」

「そちらはどれぐらい？」

「一年、弱です」

「それでは新卒で入った狛江銀行を一年半で退職した後、コンビニで一年弱、マナベ電器商会で二年働いた後、半年前にスマイル法務事務所に入った」

確認を求める上目遣いに、私は頷きで応じた。

「間違いありません」

ふたたび視線を落とした仲宗根が、難しい顔でこめかみをかく。

「生活はどうなさっていらっしゃったんですか。あなたはいま二十九歳だ。働いていない空白期間というのが、けっこうありますよね。実家からの援助も期待でき――」

語尾をのばしながら、ちらりと視線を上げる。

私がかぶりを振るのを確認して、続けた。

「ですよね。実家からの援助は期待できない。そんな中で、一人暮らしを維持するのは大変だったでしょう」

「なにがおっしゃりたいのですか」

探るような沈黙の後、仲宗根が口を開く。

「いえ。実はうちの捜査員が、ハートフルマート飯田橋駅前店の店長さんに話をうかがってきたんです」

知らないふりをしてしゃべらせておきながら、とっくに調べていたらしい。

「あなたが勤務する一年弱の間に、店長さんは立て続けに二人のアルバイトさんを解雇していました。二人がレジから現金を抜き取っていると、店で一番真面目に勤務していたあなたからの告発を受け、信じてしまったということです。振り返ってみればあの二人には申し訳ないことをしたと、後悔なさっていました」

そんなこともあったなと、懐《なつ》かしく思う。いまあの二人はなにをしているだろう。

「さすがにおかしいと感じたのは、あなたが三人目の告発をしてきたときだそうです。店長さんがおっしゃるには、たまにそういう不届き者が現れるものの、さすがに一年弱の間に三人は多すぎるそうです。しかも三人を告発したのは、いずれもあなただった。そこで店長さんが防犯ビデオを確認してみると、レジから現金を抜き取るような、あなたの姿が捉えられていた。その映像を突きつけて問いただすと、あなたは激昂《げきこう》してそのままお店を辞めてしまわれたそうですね」

「あらぬ疑いをかけられれば、誰だって不愉快でしょう」

「たしかにおっしゃる通りです」

仲宗根が重ねた手を擦り合わせながら、ちらりと視線を資料に落とす。

「マナベ電器商会のほうでも、古株の女性事務職員の方が一人、辞めさせられています。なんでも会社の運転資金を横領した疑いをかけられたとか」

嫌な女だったなと、私は目を細めた。

「そしてあくまで噂に過ぎませんが、あなたにセクハラで訴えられそうになった社長さんが、あなたにかなりの額の慰謝料を支払ったとも聞きました」

「それは噂でなく事実です。私は社長のセクハラが原因で、マナベ電器商会を辞めました」

「そしてかなりの額を手にした」

「私の受けた精神的苦痛は、お金には換えられません」

私が眉間に皺を寄せて睨むと、仲宗根は肩をすくめた。

「伊東さんとはいつから？」

「はっきりといつからというのは、お答えするのが難しいです」

「それは答えたくないということですか」

「いいえ。自然な流れで関係が深まったので、いつからとは明言できないということです」

最初に彼を男性として意識したのは、いつだっただろう。

おそらくあのときだ。私がスマイル法務事務所で勤務し始めて一週間ほど経ったころ、複数の案件にかかわる物件を調査するために法務局に出かけ、そのうち一件の調査をし忘れて事務所に戻ったことがあった。その一件は、公洋さんから頼まれたものだった。事務所に戻ったときにはすでに法務局の窓口が閉じており、明日出直すしかない。私は公洋さんに謝り、その足で所長室に向かおうとした。所長がとんでもない癇癪《かんしゃく》持ちなのは、一週間も勤務すればわかる。ちょっとしたミスでもけっして許さず、ほとんど人権侵害ともいえるような言葉で部下を罵倒する場面を、何度も目撃していた。私は機嫌の悪いときの祖母を思い出し、胸が苦しくなった。ついにあの悪罵の雨に、私自身が晒《さら》されるのか。

ところがそのとき、公洋さんが私を呼び止めた。大丈夫だからとだけ言い残し、私を置いて所長室に入って行った。責めを負うべき点はいっさいないにもかかわらず、自らがミスをかぶって私を守ってくれたのだ。

この人は、幼いころから待ち望んできた父そのものではないのか。想像上にしか存在しない架空の生き物のように思っていた存在が、突如として実体を伴って目の前に現れた。

そのときの衝撃は、誰にも想像できないだろう。幼いころに憧れたアニメのヒーローが、現実に登場して世界を救ってくれる経験など、誰もしたことがないのだから。ついに出会えたという喜びに全身が打ち震え、私は給湯室にこもってひそかに涙した。

だが出会えた喜びは、失う不安の始まりでもあった。本当にこの人だろうか。この人は心から信頼を寄せるに値する男性なのだろうか。もしも全身で寄りかかろうとしたときに、私を捨ててさっさと逃げ出してしまうような無責任な男だったら。私の母を捨てて逃げ出した、父のような男だったら。

私は不安に苛《さいな》まれた。これまでにも、この人こそと思えたような男性から、ことごとく裏切られてきた過去がある。どんな私でも受け入れてくれる男性でなければ。信頼できる相手かどうか、確認せねば。

私は少しずつ、彼のことをテストし始めた。わざと仕事をミスして、所長から理不尽に罵倒されるような場面を作るのだ。どれも、彼にはまったく身に覚えのないことだったろう。本当に責めを負うべきなのは私だと、彼も勘づいていたはずだ。そんな状況でも、私を守ろうとしてくれるのだろうか。

彼は私の課したテストを、ことごとくクリアしていった。

仲宗根が言いにくそうに顔を歪める。

「ですがその、あるでしょう？　この時期から交際していると判断できる材料が」

「なにをおっしゃっているんですか」

「肉体関係はいつからかと訊いているんです」

「答えたくありません」

身体のつながりなんて、私に言わせればたいした意味はない。肉体関係で愛情の深さを測るなんて馬鹿げている。世の中、互いに好きでもない男女が肉体関係を持つ例は、枚挙《まいきょ》にいとまがないではないか。私と公洋さんはそんな次元を超越した、もっと深い信頼で結ばれている。

ふいに、憎悪に満ちた眼差しで私を見下ろす顔が脳裏に浮かんだ。公洋さんの顔だ。私に馬乗りになっている。私の両手首を押さえつけていた彼の手が、私の首へと移動し、力をこめる。頸動脈《けいどうみゃく》に親指が食い込み、私の意識は朦朧《もうろう》とし始める。

私は拘束から逃れようともがく。手足を懸命に振り動かし、身体を右に左にひねる。

その瞬間、真鍮の燭台が視界の端に映った。多くの男女の汗と体液が蒸発して漂《ただよ》っているような、湿った、かび臭く、薄暗い古いラブホテル。煤《すす》けたような黒ずんだ壁の色と、やけにマッチした古い調度品のうちの一つだ。

私は手をのばし、冷たい金属を握りしめる。

そしてそれを公洋さんの額へと振りおろす。

公洋さんが鮮血に染まる額を手で押さえながら、もんどり打って倒れる。私は立ち上がり、のたうち回る彼の後頭部を燭台で殴りつける。四、五回殴ったところで彼は動かなくなったが、私は止まらなかった。憎くて憎くてたまらない。私が殴っているのは想像で作り上げた理想の父ではなく、責任を放棄して逃げた現実の父であり、娘を放り出して男と遊びほうけた母であり、貧しさへの苛立ちを孫にぶつけた祖母であり、ばい菌ばい菌と私を取り囲んだ同級生たちだった。

「峰岸さん。大丈夫ですか」

仲宗根の声で現在に引き戻された。

「大丈夫です」

私は記憶に蓋《ふた》をする。私が忘れ去ってしまえば、公洋さんは自らを犠牲にして私を守ろうとした、やさしい彼のままだ。

私は間違いなく、彼に愛されていた。

5

「あれじゃないですかね」

渡部が顎をしゃくる方角を見ると、テーブルに突っ伏している男がいた。

JR王子《おうじ》駅を出てすぐのところにあるファストフード店だ。ちょうどモーニングメニューの時間が終わったタイミングとあって、店内は閑散《かんさん》としている。テーブルに突っ伏した男の周囲にも客の姿はなく、いくつか離れた席で、老人がコーヒーを飲んでいるだけだった。

「みたいだな」

仲宗根は渡部に頷き、テーブルに近づいていく。

ちょんちょんと指先で肩をつつくと、男が大儀そうに顔を上げた。間違いない。伊東公洋の友人・森尾真人《まさと》だ。

「森尾さん、ですよね」

いちおう確認すると、森尾は眠そうに顔をしかめたまま頷いた。

「警視庁の仲宗根です」

二人がけのテーブルをくっつけて四人がけにしようとする渡部を見上げ、森尾は「電話の人……」と呻くように言った。渡部に森尾とのアポイントを取るために電話をさせたので、昨夜電話で話した相手だと言いたいようだ。

「すみません。お待たせしてしまったようで」

森尾の対面に座りながら謝ったが、実際には待ち合わせ時刻までまだ五分あった。

「いや。ぜんぜんいいんすけど。バイト明けで早く着いちゃったから、寝てただけで……」

森尾は寝ぼけたような声を出し、髪をかきむしる。

「どのようなお仕事をなさっているんですか」

「カラオケの店員です。役者じゃなかなか食っていけなくて」

大きなあくびをして、森尾が指で目の端を拭う。

「それで、話ってのは？　もちろん、コーヨーと佑子ちゃんのことですよね」

「もちろんです。あの二人の共通の知人というのがほとんどいないので、峰岸佑子の供述の裏取りが難しいんです。そこでぜひ、森尾さんにお話をうかがいたいと思いました」

「二人の共通の知人っていっても、おれが佑子ちゃんと会ったのだって一度きりですよ」

「ええ。存じています。ですから森尾さんには、おもに被害者の伊東さんについてお話をうかがいたいと考えています」

「それなら」と両肩を持ち上げる森尾は、なぜか自信なさげだった。

「森尾さんは、伊東さんとは高校の同級生でいらっしゃるんですよね」

「そうです。ただ、高校時代は同じクラスだったことはあってもそれほどつるんでなくて、同じ大学に入ってからですね、仲良くなったのは」

「大学を卒業されてもう五年ほどが経過していると思うんですが——」

「おれは中退ですけどね。二年で中退しました」

森尾が苦笑する。

「それは失礼。最近でも、頻繁に連絡を取っていらっしゃったんですか」

「さすがに学生時代みたいに毎日互いの部屋を訪ねるようなことはできませんが、たまに会って近況を報告し合ったりはしていましたよ。おれの劇団が公演をやるときには、毎回観に来てくれていたし」

「なるほど。それでは、伊東さんの女性関係についてもよくご存じなんですか」

「そのつもりでしたけどね。でもあいつ、佑子ちゃんをホテルに連れ込んでいたんでしょう?」

「連れ込んだ、という表現が適切かどうかはわかりませんが、二人がホテルに入ったことは間違いありません」

「ですよね。それを聞いて、おれはコーヨーのことをどれだけ知っていたのかなって、ちょっと自信がなくなったのは事実です。あいつのことをよく知っているつもりで、実際には、知っていたのはあいつのほんの一部だったのかも……って」

「峰岸佑子との交際について、伊東さんからなにか聞かされていましたか」

「っていうか、交際しているなんて知りませんでした。おれが聞いた話では、まったくその逆だったんです」

「逆、というのは？　詳しく話をお聞かせ願えませんか」

「佑子ちゃんから映画に誘われて、それを断ろうとしていたんです。ナナちゃん……あ、ナナちゃんというのは――」

「存じ上げています。田代奈々さんのことですね」

「そうです。コーヨーはナナちゃんを映画に誘ってて、ちょうど同じ時期に、佑子ちゃんから映画に誘われていました。それが偶然にも、同じ映画だったんです。それで、どうしようって電話で相談されたから、知らんぷりしてどっちも行ってみればいいって助言しました。どっちかと付き合っているわけでもないし、コーヨー自身の気持ちもはっきりしないみたいだったから、自分の気持ちをたしかめるためにも、両方と出かけてみればいいと思ったんです。あいつ、大学時代から付き合ってた彼女にこっぴどく捨てられたのがトラウマになったのか、もう二年も彼女いなかったし、どっちかと付き合うまでいかなくても、良いリハビリになるんじゃないかなって」

「その、伊東さんが以前付き合っていた女性というのは、森尾さんもご存じなんですか」

「知っています。大学の同級生で、よく一緒に食事したりして、とても良い子だと思っていたんですけど、コーヨーが受験勉強に励んでいるのをいいことに浮気してたんです」

「浮気の事実を、伊東さんはどのようにして知ったんでしょう」

「知ったというか、知らされたというか、自分から告白してきたらしいです。それで、その浮気相手の男と付き合うから別れて欲しいって言われたそうです。信じられませんよね」

いまさら怒りを思い出したように、森尾が虚空を睨む。

「その女性とは大学時代からの付き合いだとおっしゃいましたが、それ以外に、伊東さんが交際していた女性をご存じですか」

「いえ。瑞穂ちゃん――その元カノは瑞穂ちゃんっていうんですけど、彼女がコーヨーにとって初めての彼女だと思います」

「その女性と別れた後も、誰かと付き合うことはなかった？」

「ずっといなかったはずです」

力強く言い切ってから、急に顔をしかめる。

「そう思ってたんですけどね。ただ、佑子ちゃんをホテルに連れ込んでいたと聞いてからは、ちょっと自信がありません」

「森尾さんの目から見た伊東さんは、女性にたいして奥手な部分があったということでしょうか」

「そうです。だってたかが映画に行くかどうかでくよくよ悩むようなやつですよ。だから事件のことを聞いて、そして現場がラブホテルだと知って、結局、佑子ちゃんとの映画を断り切れなかったのかなと思いました。断るつもりが押し切られて、映画だけでなく、佑子ちゃんと付き合うことになっちゃったのかなって。そうでもなければ、女の子とホテルに行ったなんて信じられないんです。かりにべろべろに酔っていたところで、あいつなら彼女でもない女の子をホテルに連れ込んだりはしない。少なくとも、おれが知っているコーヨーなら」

「森尾さんの知る伊東さんは、とても真面目な人物だったんですね」

「真面目っていうか、融通が利かないっていうか、長所でもあり、欠点でもあったと思うんですけど、おれはあいつのそういうところ、嫌いじゃなかったんです」

感極《かんきわ》まったというふうに、森尾の頰が不自然に痙攣《けいれん》する。

その瞬間、この男は信用できると、仲宗根は直感した。どこまで事実を把握しているのかは定かでないが、意図して偽りを述べることはなさそうだ。

「先ほど、伊東さんは、峰岸と映画に行くことを断ろうとしていたとおっしゃいましたよね。そのことについて、もっと詳しく話してくださいませんか」

「最初にコーヨーから相談されたとき、両方とも行ってみればいいと助言したことはさっきも言いましたけど、そのときはコーヨーも納得した様子だったんです。だからてっきり二人と別々にデートするものだとばかり思っていたんですけど、何日かしたらコーヨーから電話がかかってきました。ナナちゃんと映画を観てきた帰りらしく、コーヨーのやつ、ナナちゃんのことを好きになっちゃったから、佑子ちゃんとの映画は断るって言うんです。好きになったっていっても付き合ってるわけじゃないし、そもそもたかが映画なんだからそこまですることないんじゃないかとは思いましたけど、コーヨーらしいなとも思いました。その後どうなったのか気にはなったけど、おれはおれでバイトとか稽古《けいこ》とかで忙しかったし。そしたら、コーヨーのお母さんから電話がかかってきて、コーヨーが死んだ……って。正直、いまでもピンときてない部分があります」

森尾はいま事件の報《しら》せを受けたというような、呆然とした表情をしていた。

その後もしばらく話を聞いて、ファストフード店を後にした。

駅のホームに滑り込んできた地下鉄に乗り込み、ロングシートに並んで座る。

しばらく手帳を読み返していた渡部が、おもむろに顔を上げた。

「やっぱり、峰岸が嘘をついているってことですよね。伊東とは交際していなかった」

森尾の話を信じることにしたようだ。

「たしかにあの男は嘘をついているようには見えなかった。ガイシャとの付き合いも長く、ガイシャの人となりについての証言は信頼に値すると思う。だけど森尾の話を信じるとなると、今度はガイシャの行動に整合性がなくなるぞ。そこはどう考える？　森尾によると、ガイシャは付き合っていない女とホテルに行くような男ではなかった」

「そこですよね」

渡部が腕組みをして考え込む。

「でも当初は断るつもりだった映画に行っているということは、ガイシャは流されやすい性格だったということですよね」

「かもしれないな」

言いたいことはあるが、まずは後輩の考えを聞いてみようと言葉を飲み込む。

「いくら真面目な性格だといっても、女性から面と向かって誘われて、断ることのできる男は少ないと思います。ましてや、断るつもりだった映画を断り切れずに、一緒に観ちゃってるんです。なし崩し的にホテルに行っても、僕は不思議だとは思いませんね」

「なるほどな。じゃあ、峰岸の狙いはなんだ。なぜガイシャを殺し、存在しない交際をでっち上げた？」

「なにかしら、心の病気なんじゃないですかね。思い込みを現実だと信じちゃうような」

「妄想性の人格障害か」

それはおそらく正しい。峰岸の言動からは、少なからずそういう傾向が見てとれる。

峰岸には伊東と交際していた事実はない。一方的に想いを寄せており、強引に押し切るかたちで映画に連れ出し、その流れでホテルにもチェックインした。森尾から聞かされた人物像を当てはめても、そこまではなんとなく筋が通る。

ところが、それでも一点だけ違和感が残る。

「峰岸の手首の痣については、どう説明するつもりだ」

そう。先に襲ったのは伊東のほうだった。森尾の証言を信じるならば、伊東は田代奈々のほうに気持ちがかたむいており、峰岸との映画は断るつもりだった。映画やホテルは断り切れずに押し切られたとしても、あの手首の痣はどうなる。峰岸は認めないが、あの痣を見る限り、先に襲ったのは伊東のほうだ。ところが森尾の証言する人物像によれば、伊東は女性に手を上げるような男ではない。

「あれですか」

渡部が面倒くさそうに顔をしかめる。

「仲宗根さんを疑うわけじゃないですけど、あの痣、本当に伊東に襲われた際にできたものなんでしょうか」

「真っ向から疑ってるじゃないか」

笑ってしまった。

「そういうわけじゃないんですけど」

渡部が気まずそうに鼻に皺を寄せる。

渡部の気持ちもわからないではない。峰岸の左手首にできた痣が事件に関係ないものとすれば、渡部の提示した推理でもだいたい筋が通る。あとは峰岸の取り調べで一つひとつの事実を確認し、供述調書を作成すればお役御免だ。

ふたたび考え込んでいる様子の渡部に言った。

「結論を出すのはまだ早い。ほかの関係者の話も聞いてみようじゃないか」

6

田代奈々が待ち合わせ場所に指定したのは、東急田園都市《でんえんとし》線南町田《みなみまちだ》駅近くにあるカフェだった。

仲宗根と渡部は、指定された時刻の十五分前に店に入った。予想以上に賑《にぎ》わっていて席が取れるか心配したが、幸運なことに仲宗根たちと入れ替わるようにして一組が店を出た。それも一番奥まった席だ。あそこなら、それほど周囲の客の耳を気にする必要はなさそうだ。

田代は指定した時刻の二分前に店に現れた。ほんのり茶色いショートカットが活発な印象だが、身にまとう空気はどこか重苦しい。

二人の刑事は立ち上がって彼女を迎えた。

「お忙しいところ、何度もすみません」

仲宗根が言うと、力ない笑みが返ってくる。

「いえ。かまいません。知っていることはぜんぶ話したつもりなので、どこまでお力になれるかはわかりませんけど」

仲宗根自身は田代と初対面だが、別の捜査員が何度か事情聴取していた。

「こちらこそ、前にうかがった捜査員と質問が重複してしまうと思いますが、どうかご容《よう》赦《しゃ》ください」

店員が注文を取りに来たので、仲宗根と渡部はコーヒー、田代はシナモンティーを注文した。

「こちらのお店はよく利用なさるんですか」

渡部がそう訊いたのは、田代がメニューも開かずに注文したからだろう。

「そうですね。学校に近いし、安いですから」

「今日も授業でしたか」

仲宗根はちらりと腕時計に目をやる。

午後一時過ぎという時間だった。この後に予定が入っているようなら早めに事情聴取を済ませないといけない。だがふと気づく。田代が持っているバッグは弁当箱くらいの大きさで、とても教科書が収まるようには思えない。

田代はかぶりを振った。

「あれ以来、とても学校に行く気にはなれなくて、大学は休んでいます。自宅もこの近くなんです」

「そうでしたか。そんな中お呼び立てしてすみません」

「いいえ。たまには外の空気を吸わないと、気持ちが塞《ふさ》ぐいっぽうですから」

かろうじて笑みとわかる表情を浮かべ、田代が顔を上げる。

「佑子ちゃ――峰岸さんは、何年刑務所に入るんですか」

「峰岸」という名前を口にする瞬間だけ、彼女の瞳が憎しみにぎらりと光った気がした。

「申し訳ありません。量刑にかんしては、私どもの手が及ぶ範囲ではないんです。これから彼女の身柄は送検され、検察官の取り調べを経て、検察官が求刑を決定します。それだってあくまでこちら側の希望というだけで、その通りにいくとは限りません。裁判官の判断で、求刑よりも長い懲役《ちょうえき》になることも、短い懲役になることもあります」

実際には、求刑より重い判決が下ることはほぼないだろうが。

「そうですか」

田代はやるせなさを噛み締めるように、唇を歪める。

「伊東さんと、残された方々の無念ができる限り求刑に反映されるよう、全力を尽くしますので」

「よろしくお願いします」

深々と頭を下げるお辞儀の仕方から、強い憤りと恨みが伝わってきた。

「何度も訊かれたであろう質問を繰り返して恐縮なんですが、田代さんは伊東さんと交際していらっしゃらなかったんですよね」

「はい。親しい友人の一人でした」

田代は真っ直ぐにこちらを見つめ、頷いた。

「伊東さんから、口説かれたりしたことは」

「ありません。コーヨーくんは真面目というか引っ込み思案というか、かなり奥手なところがありましたから」

「揚げ足をとるようで申し訳ないんですが、そういう言い方をなさるということは、はっきりと要求されることはなくても、伊東さんからの好意には勘づいていた、という印象を受けます」

田代が複雑な表情を浮かべる。

「よく、わかりません……勘づいていたというより、いまとなってはそれが私の願望だったのかもしれないと思えます」

「つまり、田代さんのほうは、伊東さんに好意を抱いていた」

もじもじと恥ずかしそうにしていたが、やがて田代は頷いた。

「はい。私はコーヨーくんのことが好きでした。それは間違いありません」

「伊東さんが峰岸と交際していたのは、ご存じでしたか」

「それ、前にもほかの刑事さんから聞かされたけど、本当なんですか」

声にはやや攻撃的な響きが混じっている。

「峰岸はそう供述しています」

「彼女のついた嘘じゃないんですか」

「その可能性もないわけではありません。事実をたしかめるために、全力を挙げて捜査しています」

田代の熱をいなすように冷静に受け流し、質問を続ける。

「伊東さんと出会ったのは、いつごろですか」

「一ヶ月近く前です。中野の一樂一縁というお店でした」

「中野にはよく行かれるんですか」

この南町田からだと、電車で一時間くらいだろうか。渋谷や新宿に出るほうがよほど楽だ。

田代は顔を横に振った。

「たまにです。大学の同級生が近くに住んでいるんです。一樂一縁も、最初はその子に連れて行ってもらいました。とても雰囲気の良いお店なので、その子と中野で会うときには、いつも行くようになりました」

「その一樂一縁というお店で、伊東さんに声をかけられた？」

「正確には、店長のムロさんから紹介されたんです。コーヨーくんは友達の森尾くんと一緒に来ていて、森尾くんがムロさんに訊いたんです。コーヨーくんに彼女がいないんだけど、誰か良い子いないですかって」

「そこで田代さんが紹介された」

「奈々ちゃん最近、彼氏と別れたって言ってなかったっけって、話を振られました」

わずかな引っかかりを感じて、仲宗根は唇を曲げた。

「珍しくないんですか。その、お客さん同士で仲良くなるというのは」

「一樂一縁では珍しくないようです。店長のムロさんがとても気さくな方なので」

やはり奥歯に物が挟まったような言い回しだ。

「田代さん自身は、これまでそのお店に通う中で、ほかのお客さんと仲良くなったことはおありなんですか」

「ありますよ。一緒に行った友達と話していても、突然店長のムロさんが会話に入ってきたり、隣の席の知らないお客さんが話しかけてきたりするんです。そんな感じで仲良くなった顔見知りの常連さんは、何人かいます」

「その顔見知りの常連客の方とは、連絡を取り合ってお店以外でも会ったりなさっているんですか」

「いいえ。連絡先まで交換したのは、コーヨーくんが初めてです」

「つまり田代さんにとって、伊東さんはよほど魅力的に映ったということですか」

「そうです。一目惚《ひとめぼ》れでした」

田代の瞳は、こころなしか潤んでいるように見える。

「お店の店長さんの仲介で出会ったあなたと伊東さんは連絡先を交換し、デートの約束を交わしたんですよね」

「ええ。デートでもしようかって、私から誘ってみたんです。そしたらムロさんや森尾くんが、こんな機会は滅多にあるものじゃないんだから、一度食事くらい行ってこいってコーヨーくんに言ってくれて、断りづらくしちゃったみたいで悪いんですけど、その場で連絡先を交換して、食事に行く約束をしました」

「しかしデートといいながら、最初は二人で会うことはしなかった。それはなぜですか」

「さっきも言ったように、本人が乗り気じゃないのに断りづらい雰囲気を作って押し切っちゃったかたちになったような気がして申し訳なかったので、最初は森尾くんに一緒に来てもらうことにしました。森尾くんと二人でコーヨーくんの職場に行ったら、峰岸さんと、あと中本さんというおじさんの同僚もいて、五人で食事することになりました」

「そのときが、峰岸佑子との出会いだったんですね」

「出会いというか、後にも先にもその一度きりしか会ってません」

ややむっとしたらしく、田代が眉根を寄せた。

「峰岸の供述によると、その時点ですでに伊東さんと交際していたと言っているんですが、二人の様子を見ていてどう思われましたか」

「とても付き合っているようには見えませんでした。森尾くんがしきりにコーヨーくんに峰岸さんをおすすめしていたけど、コーヨーくんは少し迷惑そうにしていたし。ただ峰岸さんのほうは、たぶんコーヨーくんを好きだなと思いましたけど」

「それは、どのような理由で?」

困ったようなううん、という短い唸《うな》りが挟まる。

「こうだから、というはっきりとした理由はありませんけど。勘です。私が男友達を紹介してあげると言ったときの、彼女の反応とか、目の動きとか、そういうのを見ていて、あ、この人、コーヨーくんのこと好きだな……って、そう思いました」

そう言って、田代は真っ直《ま す》ぐにこちらを見た。

「そういえば、森尾くんには話を聞きましたか。あの二人が本当に付き合っていたのかどうか、森尾くんなら本当のことを知っていると思います」

「すでに午前中にお会いしてきました」

「なんて言ってました？」

田代の瞳が期待に輝く。

「自分が知る限りだと、伊東さんが峰岸と交際していた事実はない。そうおっしゃっていました」

「ほら」

千人の味方をえたように、得意げな表情になった。

「ですが自分の知る限り、付き合ってもいない女性をホテルに誘うような男でもない。そうもおっしゃっていました。だから自分が伊東さんのことをどれだけ知っていたのか、いまでは自信がなくなった、と」

「そんなことないと思いますけど」

田代は不満そうに唇を歪め、次なる提案をする。

「それじゃ、中本さんに聞いてください。コーヨーくんはあの人にすごくお世話になっているって言ってたから、峰岸さんとの関係についても知っているはずです」

「この後お話をうかがいに行く予定です」

そういうと、少しだけ安心したようだった。

田代と別れ、駅のほうに歩き出す。

そのまま改札を通ろうとする渡部の肩を摑んで止めた。

振り返る渡部に、券売機のほうを目で示す。

「チャージですか」

答えずに券売機の前まで渡部を導き、来た道を振り返る。すでに田代奈々の姿はない。

「田代奈々はたしか、経済学部だったな」

「大学でですか。そうだったと思いますけど」

「これから帝国女子大に行くぞ」

「えっ」

渡部が驚きに目を見開いた。

7

私の前にふたたび仲宗根と渡部のコンビが現れたのは、二度目の取り調べを受けてから一週間後のことだった。

「すみませんね、ちょっとご無沙汰《ぶさた》してしまいまして」

　仲宗根は私の対面の椅子を引くなり、そう言って顔じゅうを皺だらけにした。

「いくつか確認したいことがありまして、外でいろいろ聞き回っていたんです。森尾さんにもお会いしてきました」

「そうですか」

　私は目を細めて視線を落とし、罪悪感を表現する。

「あなたが伊東さんと交際しているのを、森尾さんはまったく知らされていなかったようですね。自分が知る伊東さんはいったいなんだったのかと、落ち込んでおられる様子でした」

「公洋さんはとても照れ屋さんだったので、たとえ親友でも、そういうことをぺらぺらしゃべるのは躊躇《ためら》われたんだと思います。森尾さんのことを信用していないわけではないと、もしもまた森尾さんに会う機会があれば、お伝えいただけますか」

「わかりました」

　仲宗根は頷く。

「ただやはり気になるんです。親友である森尾さんだけでなく、周囲の誰も、あなた方の交際の事実を知らされていないというのは、あまりに不自然ではありませんか。しのぶ愛という事情もあるのかもしれませんが、それでも携帯メールのやりとりの履歴一つすら残っていないのは、さすがに奇妙だ」

「彼はメールが嫌いな人でした。それに同じ職場でしたから、わざわざメールでこそこそやりとりしなくとも、毎日顔を見ることができました」

「そうはおっしゃいますが、伊東さんは、田代奈々さんとは毎日のようにメッセージのやりとりをなさっていたようです」

仲宗根が不審そうに首をひねった。

「だからこそ許せなかったんです。私にはメールが苦手だと言ったのに、彼女とは頻繁にメッセージを交換していた。そのやりとりを見た瞬間に、かっとなって自分を抑えられなくなってしまいました」

唇を震わせ、喉の奥に力をこめる。涙を絞り出すと悲しい気持ちになって、自分の言ったことが事実のように思えてくるのが不思議だ。

「実は田代さんにもお会いして、話をうかがってきました」

「……そうですか」

私は思わず眉をひそめた。すべての感情を制御しようとしても、ままならないときもある。あの泥棒猫の顔を思い浮かべるときなどは、とくにそうだ。

「伊東さんがどのようにして田代さんと出会ったか、ご存じですか」

「聞いています。中野の居酒屋で、森尾さんがナンパしたとか」

「そうです。その場で連絡先の交換をし、後日食事をすることになった。その食事会にはあなたも参加したそうなので、ご存じですよね」

「はい」

「そのときの田代さんの印象は、どのような感じでしたか」

「明るくてかわいらしい女の子だと思いました」

「伊東さん本人の意思でなかったとはいえ、伊東さんの恋人候補としてナンパされた女性です。しかも彼女は若くて魅力的だ。ひそかに伊東さんと交際中だったあなたは、気が気でなかったのではありませんか」

「公洋さん自身が声をかけたわけではないという話でしたし、ナナちゃんが魅力的なのは認めますけど、それでもとくに気にはなりませんでした。彼女だって、本当に公洋さんのことを男性として意識していたら、最初から公洋さんと二人で会うだろうし」

「そこなんです」

仲宗根は人差し指を立てた。

「お会いしたとき、田代さんは伊東さんに一目惚れしたとおっしゃっていました。ところが、最初のデートでは伊東さんの友人である森尾さんに声をかけ、さらには伊東さんの同僚であるあなたや、中本さんも誘って、大人数での食事会になっています。まるで田代さんが、二人で会うことを警戒しているようではありませんか」

「実際に警戒していたのではありませんか。相手は見ず知らずの男性ですし」

「そうかもしれませんけど、なぜか引っかかったんです。田代さんは一樂一縁の常連だったようですが、ほかの常連客と親しく会話することはあっても、連絡先を交換したり、店の外で会ったりすることはなかった。一樂一縁の店長さんにも話をうかがってきましたが、田代さんのことを気に入っている常連客は何人かいて、実際に田代さんをデートに誘ったりもしていたが、すべて彼女がやんわりと断っていたそうです。それだけに、田代さんのほうから伊東さんをデートに誘ったときには、驚いたそうです。そう。誘ったのは田代さんのほうなんです。それなのに警戒して初デートにほかの人を呼ぶなんて、変じゃないですか？　変を通り越して、失礼な気すらします」

「そうでしょうか。第一印象がよくても、相手の男性がどういう人かわからないから警戒するというのは、おかしなことでもないと思います」

「不思議ですね」

仲宗根がテーブルの上で手を重ねる。

「なにがですか」

「あなたにとって、田代さんは愛する男性を奪った憎むべき相手だ。なのにいま、あなたは田代さんの立場になって、彼女の証言を補強するようなことをおっしゃっている」

はっとして息を呑んだ。

動揺を悟られないように、呼吸を整える。

目の前の皺だらけの顔からは、なんの感情も読み取れない。笑顔がこれほど怖いと感じたのは、生まれて初めてだった。

「ちょっと、この事件にたいする私の想像を聞いていただいてもよろしいですか」

仲宗根が重ねた手をこすり合わせながら、私の了解を待たずに話し始める。

「最初に事件の報せを受けて、ホテルの防犯カメラに残る映像を見せられたときには、とても単純な事件だと思っていました。カメラには被害者の伊東さんと仲睦《なかむつ》まじげにチェックインする女性の姿と、その女性が一人でホテルを出て行く様子がはっきり映っていましたから。画像も鮮明で、ドアノブや、凶器と思《おぼ》しき真鍮製の燭台にも、指紋《しもん》がベタベタと残っている。実際に、すぐにあなたにたどり着きました。あなたも素直に犯行を認めてくださいましたし、やっぱり簡単だった、これで一件落着だと、一度はこいつと祝杯をあげたほどです」

そう言って、背後でキーボードを叩く渡部を顎でしゃくる。

「だけど、あなたの供述にはところどころおかしなところがある。たとえば、周囲は誰もそのことを知らず、携帯メールの履歴などからもまったくそういう関係はうかがえないのに、あなたは伊東さんと交際していたと言い張っているところ」

「だって本当のことなんだから――」

ついむきになってしまったところに、仲宗根が手の平を向けてきた。

「あなたの言い分は後ほどじっくりとうかがいますので、いまは私に話をさせてください」

とってつけたような笑みだった。

「あなたのその左手首の痣もそうだ。それは間違いなく、誰かと争ったときにできたものです。日常生活を送っていて、そのような痣ができることはない。強い力で誰かから押さえつけられたのでしょう。その誰かというのは、伊東さん以外に考えられない。あなたはホテルの室内で伊東さんの浮気の証拠を見つけ、問い詰めた末に、感情的になって凶器を手にしたとおっしゃっていますが、事実はたぶん違う。先にあなたに暴力を振るおうとしたのは、伊東さんのほうだった。左手首以外に目に見える痣などは残っていないようですが、実際には首を絞められたりもしたのではないかと思います。首を絞められたからといって、必ずしも痣になるとは限りませんからね。首を絞められたあなたは、とっさに近くにあった真鍮製の燭台に手をのばし、彼を殴りつけた。それ以前にどういうやりとりがあったのかまではわかりませんが、伊東さんの暴力は、あなたにとって酷《ひど》い裏切りだった。頭に血がのぼったあなたは、自分を制御することができなくなった。気づけば伊東さんは絶命しており、あなたは血の海の中にいた」

「違います」

違う。断じて違う。彼は私を殺そうとしてなどいない。私は彼に愛されていた。

仲宗根が笑顔で手を振る。

「正しいか正しくないかを確認しているのではありません。かりに私の想像が正しかったとしても、物証がない。証明するためには、あなたに自供させないとなりません。それはたぶん無理でしょう。そもそも私の推理が正しかったとして、そしてその通りにあなたが自供したとして、いまより量刑が軽くなるおそれがあります。わざわざ被疑者に手を差しのべるような真似をせず、さっさと調書を仕上げろと、上からは叱られてしまうでしょう。だからあなたの意見をうかがっているのではありません。話を聞いて欲しいだけです。もっとも、私の話が退屈でしかたがないとおっしゃるのであれば、ここで終わりにしますが。いかがですか。私の話は退屈ですか」

私が唇を引き結ぶと、仲宗根は「それでは、もうちょっとだけお付き合いください」と顔をくしゃくしゃにした。

「私には疑問でした。なぜあなたは伊東さんと交際していたことにしたいのか。なぜ伊東さんから襲われた事実を隠そうとするのか。とくに後者については、量刑にかかわってくるような重大な要素です。あなたの接見交通権を侵害するわけにはいかないので深くは訊ねませんが、おそらくあなたの弁護人から提案があったはずです。伊東さんから襲われたことにしよう。その際に真鍮製の燭台を手にし、殴ってしまったことにしようと……。状況を客観視すれば、それはまったくおかしな主張ではない。私たちは殺人罪での起訴を目指していますが、伊東さんから襲われたとすることで、正当防衛を主張できる可能性が出てくる。弁護士から説明されたと思いますが、殺人と、正当防衛による傷害致死では求刑も大きく異なります」

知っている。国選弁護人のほうがほとんど一方的にしゃべるだけだが、そのときに正当防衛でいきませんかと提案された。私は即座に拒否した。私は彼に襲われてなどいない。私が一方的に、彼の頭に燭台を振りおろしたのだ。

「答えなくてかまいません。私の勝手な想像ですので」と断り、仲宗根が続ける。

「とにかく、あなたが自分を不利な立場に追い込んでまで、なぜ嘘をつき通そうとするのか、それが私には理解できませんでした。そこでもっとあなたのことを知りたいと思い、関係者の方々に話をうかがってきたんです。すると今度は、田代さんの証言に疑問を持つことになりました。伊東さんとの出会いや、親しくなる経緯が不自然ではないか、と」

「嘘つきばかりで大変ですね」

皮肉っぽく笑うと、屈託《くったく》のない笑みが返ってくる。

「いえいえ。仕事ですから。人間というのは、自分を守るために、多かれ少なかれ嘘をつきながら生きているものなんです。経験上、いくら誠実で正直に見える人でも、一〇〇％真実を語っていることは少ない。もっとも、その人自身は、誠実に真実を語っているつもりだったりすることも多いのですが。思い込みや先入観によって物事が歪んで見えるのは珍しいことではないし、真実があまりに過酷であるがゆえに、無意識に記憶が改変されてしまうことだってありますしね。よくできているというか厄介《やっかい》というか、いやはや人間の身体というのは不思議なものです」

どことなく諭《さと》すような口調が癇《かん》に障《さわ》り、私は無表情に告げた。

「退屈です。もう話を聞きたくありません」

だが仲宗根は無視して告げた。

「あなたはご存じだったのではありませんか。田代奈々さんが、あなたが銀行員時代に交際していた、藤澤浩治《こうじ》さんの娘であると」

曲者《くせもの》だとは思っていたが、やはりそこにたどり着いたか。

だがこれからが本番だ。

私は視線から体温を消し去りながら、ひそかに気持ちを引き締め直した。

8

「あの、よければお二人もどうか……って言ってるんですけど」

事務所に戻ってきた公洋さんが、困惑した様子で背後をちらちらと振り向く。

ガラス張りになった向こう側の道路には、にこにこしながら男女がこちらをうかがっていた。男のほうは公洋さんや私と同年代くらいで無精ひげを生やしていて、女のほうは、かなり若く見える。

「いいの？　おれたちまでお邪魔しちゃって」

中本がちらりと牽制《けんせい》するように私を見た。

つかみどころのない雰囲気のこの中本という男が、私はどうも苦手だ。目の表情が乏しく、なにも考えていないようにも、すべてを見透かしているようにも思える。だが公洋さんがもっとも慕っている先輩なので、避けることもできない。

「もしご迷惑でなければ、ですけど」

公洋さんは顔色をうかがうような上目遣いで、私と中本を交互に見た。

「迷惑なんてとんでもない。ぜひお願いします」

「ならおれも行こうかな」

中本はやはり来るのか。私は内心でため息をついたが、公洋さんは嬉しそうだ。

「よかった。この後七時に合流することになっているので、よろしくお願いします」

公洋さんは所長室のほうを気にしながら、窓の外に向けて指で輪を作った。それを見た男は満足そうに頷き、女はあっちで時間を潰しているねという感じに、駅のほうを指差す。武蔵小杉駅の周辺にはいくつも複合商業施設があるので、そのあたりを見てまわるつもりだろう。

「ちなみにあの子たちとは、どういう関係なの」

視界から歩き去る男女を目で追いながら、中本が訊く。

「友達です」

「ただの？　ずいぶんかわいい女の子だったじゃない」

中本に意味深な横目を向けられ、公洋さんはかぶりを振った。

「ただの友達ですよ」

「本当に？　伊東くんを見るときのあの子の眼、けっこう輝いてたけど」

「そんな……だいいち、僕には少し若すぎます」

やっぱりそうなんだと、私はじんわりとした悦《よろこ》びに浸った。若い女は嫌だといういまの発言は、公洋さんより一つ年上の私への遠回しな愛の告白だろう。

だが無粋《ぶすい》な中本は「そうかな」と、納得いかなそうに首をひねっている。

「あの女の子は、いくつなの」

「大学三年生って言ってた気がするから、二十一かそこらだと」

「伊東くんはいくつだっけ」

「二十八です」

「七歳差ならぜんぜんアリじゃないの」

馬鹿な男だ。問題なのは年齢差じゃない。公洋さんには、すでに私という女がいるのだ。職場恋愛なので関係を公にはできないが、私たちは私たちだけにわかる方法で、愛情を確認し合っている。私がミスした仕事を、公洋さんがフォローするのだ。

それにしても――。

私は公洋さんの友人たちが歩き去った方角を見やった。

あの女の顔、どこかで見たような気がする。

公洋さんの仕事が片づかなかったので午後七時を十五分ほどまわってしまったが、私たち三人は連れだって事務所を出た。店にはすでに中本が予約の電話を入れており、二人は先に入って待っているという。

店に入り、近づいてきた店員に中本が予約してある旨を伝える。

だが案内されるまでもなく、公洋さんの男友達が席から立ち上がった。

「こっちこっち」

左手で手招きしながら、右手に持ったビールのグラスに口をつける。

「信じられない。なんでもう注文してるんだよ」

そう言いながらテーブルに歩み寄る公洋さんの背中はとても嬉しそうで、私は微笑ましい気持ちになる。

「いつまで待てばいいかわからないから」

「ちょっと遅れるって、メッセージ送っただろう」

「そのちょっとがどれぐらいかわからないんじゃないか」

「ちょっとはちょっとだよ。五分とか、せいぜい十分」

「もう十五分経ってるのにか」

会話からも二人が気の置けない間柄であるのがわかる。

そばで笑っていた若い女が、顔を上げた。

「待ったほうがいいんじゃないのって言ったんだけど、コーヨーが来る前に飲み切っちゃえばわからないからって、森尾くんが」

「まさか飲み始めてからすぐ来るとは思わなかったからな。もうちょっと仕事してればよかったのに」

森尾と呼ばれた男が、気まずそうに後頭部をかく。

「どうもはじめまして。伊東くんの同僚の中本といいます。こんなおじさんがお邪魔しちゃって大丈夫だったかな」

邪魔だ――と思ったのは私だけらしい。

森尾が笑顔で中本に椅子を勧める。

「大歓迎ですよ。人数が多いほうが楽しいじゃないですか」

「私は峰岸――」

私も自己紹介しようとした。

「佑子ちゃんね」

言ってしまった後で、口を滑らせたことに気づいたように、森尾は自分の口に手をあてた。取り繕うように早口になる。

「コーヨーからいろいろ話は聞いてます。どうぞよろしく」

「な、なに言ってるんだ。森尾」

公洋さんが慌てて森尾をたしなめた。それから私のほうを向いて弁解する。

「すみません。とくに変な話をしていたわけじゃなくて——」

「そんなこと言ってると、余計に変な話をしてたみたいだぞ」

森尾に指摘され、しどろもどろになる。

「いや。そういうわけじゃなくて、ただ同僚でいつもお世話になっているというか、そういうたわいもない話をですね……」

「コーヨーくん。なんか赤くなってない？」

まだ名前を知らない女が、からかう口調で言った。

「赤くなってないよ」

すっかり赤くなっている公洋さんを、私はいまこの場で抱きしめたくなった。どうやら公洋さんは、私たちの関係を親友に打ち明けてくれていたようだ。

「私は田代奈々です。よろしくお願いします」

女が立ち上がり、ちょこんとしたお辞儀をする。

名前に聞き覚えはない。だがなぜだろう。やはりどこかで会っているような気がしてならない。

中本の乾杯で、仕切り直しになった。

森尾は公洋さんとは高校の同級生だが、田代とは三日前に居酒屋で知り合ったばかりだという。恋人のいない公洋さんにあてがう目的だったと聞かされたときには、余計なことをと森尾のことを嫌いになりそうになったが、ようするに公洋さんが誘惑に負けなければいい話だ。公洋さんも、彼女は自分には若すぎると言っていたではないか。あれは私だけに向けたメッセージにほかならない。

三時間ほど飲んで食べた後で、会はお開きになった。

夜の街を駅に向かって歩いていると、いつの間にか隣に田代が並んでいた。

「今日、楽しかったね」

アルコールで頰をほんのりと赤く染め、満面に笑みを浮かべる彼女は瑞々《みずみず》しい色っぽさに溢れていて、女の私から見てもちょっとドキッとした。この表情を公洋さんは見たのだろうかと周囲を見回すと、男連中は数メートル後方に固まって、だらだらと歩いていた。

私は内心で安堵しながら、田代に微笑を返す。

「うん。楽しかった。私たちまで交ぜてくれて、どうもありがとう」

「とんでもない。こちらこそ急な誘いだったのに、来てくれて本当にありがとう。今日は私、佑子ちゃんに会いに来たようなものだから」

調子のいいことを言う女だなと、そのとき私は苦笑した。まさかあの発言に、ある意味あの女の本音が隠されているなど、あの時点では考えもしなかった。

田代が馴れ馴れしく肩に手を置いてくる。

「あ。嘘だと思ってる？　本当だよ。コーヨーくんがベタ惚れしてるっていう人がどんなものか、この目でたしかめようと思ってたんだから。噂通りの素敵な人で驚いた」

私は弾かれたように振り向いた。私たちは互いの愛情を行動でたしかめ合っているだけだとばかり思っていたが、まさか言葉にしてくれていたなんて。醒《さ》めかけた酔いが戻ってきたかのように、いっきに顔が熱くなる。

そのとき、田代がにやりと唇の片端を吊り上げた。当時はなんとも思わなかったが、いま振り返るととても意地の悪い、嫌な表情だ。あの女の性悪さが凝縮されたあの表情で、本性を見抜くべきだった。

「佑子ちゃんの好きな人って、コーヨーくんのことでしょ」

「そんな……」

好きなんて月並みな言葉で表現して欲しくない。私にとって公洋さんは、救世主だ。この人ならどんな私でも許し、どんな私でも受け入れ、幸福へと導いてくれる。幾多《いくた》のテストをクリアしてきた彼は、その時点で私の人生に不可欠な存在になっていた。

「私、応援するから」

田代はそう言うと、二つのこぶしを握ってガッツポーズを作った。

「奈々ちゃん……」

私は田代を脅威に感じ、ことによれば排除する必要があるだろうかと危ぶんでいたことを反省した。この女、使いようによっては、大きな利用価値を見いだせるかもしれない。

「二人はお似合いだと思う。頑張って」

「ありがとう」

真っ直ぐに私を見つめる無垢な眼差しに、慈愛に満ちた微笑を返す。そのとき、背後から森尾が声をかけてきた。

「二人でなに話してんの」

すっかり酔っ払った様子で、上機嫌に酒臭い息をまき散らしている。

「秘密」

田代は共犯者の笑みを、私に向けた。

9

「藤澤浩治さんのことは、ご存じですよね」

仲宗根の言葉で、意識が現在に引き戻された。

「ええ。もちろんです」

「田代奈々さんは、藤澤浩治さんの娘さんです。現在はお父さんと離れ、母方の叔母《おば》の家に住んで、大学に通っているそうですが」

「そうだったんですか」

驚いた表情を装うことはしなかった。仲宗根にはすべて見抜かれている。だが私が認めなければ、真実を立証することはできない。そして私は、けっして認めない。

「田代というのは、亡くなったお母さんの姓だそうです。お母さんを死に追いやった父親のことが、よほど許せないんでしょうな。もちろん、父親の不倫相手の女性──つまりあなたのことも、同じように憎んでいるでしょう」

「もしも私がそうだと気づいたなら、そうでしょうね。彼女は私を憎むかもしれません」

「彼女は気づいていた。いや、最初からあなたをかつての父の不倫相手だと知った上で、あえてあなたに近づいた。それが私の想像です。例によって、正しいか正しくないかの判定は必要ありません」

仲宗根は反論を透明な扉で遮断するかのように、こちらに向けた右手の平をさっと横に滑らせた。

10

三週間以上前の、ある夜。

東急武蔵小杉駅の自動改札に向かいながら、バッグからＩＣカードを取り出そうとしていると、「佑子ちゃん」と、背後から声をかけられた。

振り返ると、田代奈々が眼をキラキラと輝かせている。最初にこの近くのイタリアンで飲んで以来、会うのは二回目だった。興味のない相手の顔を覚えるのは苦手な私だが、すぐに彼女だとわかったのは、やはり彼女にかつて愛した人の面影を見ていたせいだろうか。

「どうしたの。こんなところで」

どこに住んでいるのかは忘れたが、この近所でなかったことは覚えている。

「佑子ちゃんがどうしてるのかと思って」

まったく性格の悪い女だ。こうやって冗談めかしながら、後で思い返すと皮肉だったのだと気づくような言い回しを、頻繁にしていた。

「なに言ってるの」

そのときの私は冗談だと解釈し、笑った。

「もしかして、公洋さんに会いに来たの？　今日はもう帰ったよ」

彼女の前で「公洋さん」という呼び方をしたのは初めてだったが、彼女はそこにはまったく反応しなかった。

にんまりとしながら言う。

「今日は違うの。佑子ちゃんと話がしたくて」

「私と？」

私が自分を指差すと、田代は首を縦に振った。

「コーヨーくんとどうなってるのかなと思って、作戦会議に来たの」

赤の他人の色恋にそこまで熱心になれることにたいしてあきれはしたものの、あの女の真意を疑うことはなかった。

私たちは駅直結の複合商業施設の最上階にある飲食店街に向かった。どこにしようか迷ったが、田代が並びたくなさそうなので、一番空いているパスタの店に入った。

店員に注文を告げた後、田代は見えないマイクをこちらに向ける。

「それで、どうですか最近。彼との仲は」

「仲……って言っても。まあ、普通」

外出する用事があればわざと帰りを遅らせ、帰りを待っていてくれる公洋さんと二人きりになる。本来は私の帰りを待つ必要などないのに、いつも待っていてくれるのは、彼なりの愛情表現だろう。

「普通って、どういうこと？　もう付き合ってるの」

「いや。そういうのじゃ……」

すぐにそういう世俗的な表現を用いるのはやめてほしい。私と公洋さんとは、付き合っているとか付き合っていないとか、そんな簡単な言葉で表せる関係ではない。いまは魂《たましい》の結びつきを確認している最中なのだ。

「デートぐらい誘った？」

うつむく私の反応で、察したらしい。田代がにやりと笑い、テーブルの上に紙片を置いた。見るとそれは、映画の前売り券だった。二枚ある。

「これは？」

「見ればわかるでしょう。映画のチケット。これあげるから、二人で行っておいでよ」

私はテーブルの上のチケットと、田代の間で視線を往復させる。

田代がにっこりと笑った。

「森尾くんから聞いたんだ。コーヨーくん、本当は映画が大好きなんだけど、最近は忙しくて劇場から足が遠ざかっているんだって。この映画もコーヨーくんが好きそうなジャンルを森尾くんから聞いたから、コーヨーくんの好みに合わないことはないと思う。思い切って誘ってみなよ」

「……いいの？」

震える声で問いかけながら、この女の狙いはなんだろうと考えた。こんなことを、しかも誰の目もないところでやったところで、なんの得にもならないはずなのに。まさか本当に、私のことを純粋に応援したいという思いだけで動いているのだろうか。そんなことまで考えてしまった私は、なんとおめでたい女だったのだろう。

「いいよ。今日はそのために来たんだから」

「ありがとう」

おそるおそるチケットを手にする私に、田代は満面の笑みで答えた。

「応援するって言ったじゃない。頑張って」

11

あの女の白々《しらじら》しい台詞が鼓膜の奥によみがえり、私は知らないうちに奥歯を嚙み締めていた。

仲宗根が続ける。

「あなたが伊東さんと交際していたことにしたいのは、彼の意中の女性が藤澤浩治さんの娘さんだったからだ。田代さんは、あなたの慕《した》う伊東さんを、あなたの気持ちを知った上で奪おうとした。それはかつて家庭から父親を奪われ、母親を自殺に追い込まれたことにたいする復讐《ふくしゆう》だった。あなたにはそれが許せなかった」

「退屈なのでもう話を聞きたくないと申し上げたはずですが」

私の言葉など聞こえていないかのように、仲宗根が身を乗り出してくる。

「どういう感覚ですか。プライドを傷つけられたのが許せなかった？　不倫は両成敗のはずなのに、なぜかあなただけが退職を強いられたことで、藤澤さんを恨んでいたんですか。にもかかわらず、藤澤さんの娘があなたの前に現れ、あなたから伊東さんを奪っていこうとするのが許せなかった？」

仲宗根は獲物を追い詰める猟犬のような眼差しになっていた。

どうやら田代は、あの映画の前売り券を私にプレゼントし、公洋さんを映画に誘うようそそのかした話はしていない。それは私にとっても好都合だ。私が彼を映画に誘ったのがあの女の策略だったなんて、断じて認めない。

私に映画の前売り券をプレゼントしながら、実際には、あの女も公洋さんを映画に誘っていた。メッセージのやりとりを見る限り、公洋さんが誘ったかたちにはなっているが、あれは田代の作戦にほかならない。巧妙《こうみよう》な伏線を張って外堀を埋め、公洋さんから映画に誘うように仕向けたのだ。

公洋さんを殺した後で、私は公洋さんの遺体の指紋をセンサーに押しつけて彼のスマホのロックを解除し、あの女とのメッセージのやりとりをくまなくチェックした。それまでの公洋さんの言動から勘づいてはいたし、覚悟もできていたつもりだったが、それでも血が沸騰《ふつとう》し、視界が急激に狭まった。あの女は最初から公洋さんに色目を使っていた。最初に会った日、帰り道で私に応援すると言っておきながら、公洋さんには今度は二人で遊ぼうという内容のメッセージを送信しており、私に映画のチケットを渡した翌日には『大学の友達に聞いたけど、いまやってるアメコミ映画がおもしろいって』などというメッセージを送っていた。まるで私にたいし、公洋さんを賭けた勝負をしかけているかのようだった。

田代奈々がかつての上司であった藤澤浩治の娘だと気づいたのは、公洋さんを殺す少し前のことだった。

そういえば、彼には当時中学生の娘がいると聞いたことがあった。藤澤の妻は心を病んで自ら命を絶ったが、そのことにたいする復讐だったのか。私から愛する者を奪うことで、自らが受けたのと同じ痛みを与えようというのか。

逆恨《さかうら》みもいいところだ。藤澤の妻が自殺したのは、私のせいではない。私はあの女に「死んでくれ」と頼んだことなど一度もないからだ。私は夜な夜な彼の家に電話しては「別れてください」と懇願《こんがん》した。彼がいかに私を愛しているか、私がいかに彼を必要としているか、彼がベッドの中でいかに私を愛してくれたかを綿々《めんめん》と綴《つづ》った手紙を、何通も投函した。だがあの女は別れではなく死を選んだ。結局のところ、そうやって愛する夫のキャリアに傷をつけてしまうのだから、あの女が愛していたのは浩治さんではない。自分だ。愛されない自分を憐《あわ》れむ余り、自ら死を選ぶなどという愚《おろ》かな真似をしてしまうのだ。だから私を恨むのはお門違《かどちが》いだ。なにしろ私は、あの一件で上司から退職を迫られ、人生をめちゃくちゃにされてしまったのだから。

あの家族は疫病神《やくびょうがみ》だ。両親だけでなく、娘までが私の人生に立ちはだかり、幸福を奪おうとする。

私は理不尽な嫌がらせに屈するわけにはいかないのだ。

公洋さんは私を愛していた。私を憎んでなどいない。殺そうとなどしていない。私を愛したまま死んだ。公洋さんだって、そのほうが幸せなはずだ。あの女が公洋さんに近づいたのは、公洋さんを愛していたからではない。あの女にあったのは、私への復讐心だけだ。

私は無表情で仲宗根の丸い鼻を見つめる。感情を顕わにしたら負けだ。仲宗根はそれを期待している。

「一つだけ、私の想像が及ばないのは、なぜ伊東さんがあなたを殺害しようとしたか、です。それ以外の不可解な供述については、田代さんがかつてのあなたの交際相手である藤澤浩治さんの娘であることを、あなたが知ってしまった、ということでなんとか説明がつきます。しかし伊東さんの行動には、どうしても腑に落ちない部分が多い。彼はなにがあっても女性に手を上げるような男ではなかったと、友人の森尾さんも証言なさっています。いったいホテルの部屋でなにがあったのでしょうか」

「私もそう思います。公洋さんは、女性に手を上げるような人ではありませんでした。刑事さんの推理は、すべて間違っています」

仲宗根の瞳から表情が消える。

真偽をはかるような沈黙がしばらく続き、ふいに仲宗根が破顔《はがん》した。

「すべては私の想像に過ぎません。現実にどうなのかは、どうでもいいんです。おっさんの与太話に付き合わせてしまい、すみませんでした」

そう言って頭を下げる仲宗根は、しかしなにか答えを見つけたような雰囲気だった。

12

「どうして！」

このためにホテルに誘ったのかと、私は悲しい気持ちになった。同時に、失望が広がっていく。こんなふうに短絡的な行動に及んでしまうとは、私が考えていたほど、彼は賢《かしこ》い人間ではなかったのかもしれない。

道玄坂のホテルの硬いベッドの上で、公洋さんは私に馬乗りになっている。だが彼の両手は、私の服を脱がそうとしているのではない。私の首を絞めている。

ついに出会えたと期待したが、違ったのか。この人は、私を守ってくれる存在ではなかったのか。

私は必死にもがきながら、彼の血走った眼と見つめ合った。

彼の瞳には狂気や憎悪も見てとれたが、同時に、躊躇いや後悔も浮かんでいた。さまざまな感情がせめぎ合いながら、それでも行動を起こした以上は、完遂《かんすい》する以外にないのだと自らを懸命に叱咤し続けている。そのせいか、私を拘束する力が弱い。私はするりと彼の腕をすり抜けて、壁際へと逃れた。

「どうしてこんなことをするの」

彼は答えない。無言で私に歩み寄ってくる。

私は手の平を向けた。

「待って。わかった。矢崎貢さんの相続。私の不手際だったと所長に口添えする。そうすれば求償される心配もなくなるし、場合によっては、職場復帰まで取り計らってもらえるかもしれない」

「それはどうでもいい」

彼は私の手を払いのけ、私を押し倒した。これまでは全力でなかったのだとはっきりわかるぐらい、強い力だった。

私の首に、彼の親指が食い込む。ほどなく意識が朦朧とし始める。

だがふいに首を絞める力が緩み、肺に空気が流れ込んできた。

逆さまになった私の視界には、真鍮製の燭台が映っていた。

13

仲宗根が供述調書を読み上げている。私の意に沿う内容で、私と公洋さんの愛を証明するものだ。

私と公洋さんは周囲に内緒で交際していた。犯行当日は映画を観に行き、その後ホテルに向かった。公洋さんがトイレに入っているとき、田代奈々からのメッセージがスマホに届く。私は愛情の深さゆえに、嫉妬深くもある。浮気を疑った私は、公洋さんに田代奈々とのメッセージのやりとりをすべて見せるように要求する。メッセージのやりとりを見た私は、さらに疑念を深めてしまう。彼の弁解に耳を貸さず、そばにあった真鍮製の燭台を彼の頭部に振りおろした。取り調べの段階になって、刑事から公洋さんは浮気などしていなかったと知らされるが、後の祭りだ。私は深い後悔に苛まれながら、刑に服することになる。

「──と、いう感じですな。間違いありませんか」

仲宗根は納得いかない口調ではあったが、私の供述を採用するだけの賢さは持ち合わせている。これ以上の真実を探ったところで、警察にとって得なことはなに一つない。

「間違いありません」

私は満足しながら頷く。

やれやれという感じのため息は、これが真実ではないとわかっているぞという、仲宗根のせめてもの抵抗だろう。

「それじゃ、ここに拇印《ぼいん》をお願いできますかね」

ぽんぽんとデスクの天面で揃えられた書類が、こちらに向けて滑ってくる。

「おい渡部。朱肉」

「はい」

渡部が席を立ち、朱肉を持ってくる。

私は朱肉に押しつけた親指を、捺印欄《なついんらん》の上で軽く転がす。

心残りはあるだろうが、これで仲宗根の仕事は終わりだ。仲宗根がふうと長い息を吐くと同時に、空気が弛緩《しかん》した。いくら熱心とはいえ、彼にとってこれは仕事だ。これ以上追及しようともしないだろう。

私の勝ちだ。その思いが表情ににじみ出てしまったらしい。

「なぜ、笑っているんですか」

仲宗根に指摘され、初めて自分が笑っていることに気づいた。

「いえ。なんでもありません」

そう答えながらも、私は表情を取り繕うことをせず、薄笑いを浮かべたままだった。これで私の供述をもとに公判が進められ、判決が下される。判決文に、裁判官はどういう文言を盛り込むだろうか。身勝手な動機？　行き過ぎた暴行？　いずれにせよ、事件発生時、私と公洋さんは交際中の恋人同士という前提のもとに裁《さば》かれることになる。公の文書が、私と公洋さんの関係を裏付けてくれるのだ。

彼が私の首を絞めたあのとき、最期の瞬間に、なぜ彼は力を緩めたのだろうと、あれから私はずっと考えてきた。

愛――結局のところ、それ以外に考えられない。左手首の痣もそうだ。本当なら、同じような痣が私の首に残ってもおかしくない。そうならなかったのは、手首を押さえつける力よりも、首を絞める力が弱かったからだろう。意図的にかどうかはわからないが、彼には私を殺せなかった。

彼の中に残る私への愛情が、憎しみを凌駕《りょうが》したのだ。

さよなら――。

なにしろ私に馬乗りになりながら、私の首を絞めながら、彼はそう呟いて私に微笑みかけたのだ。

第三章

1

長く続いた呼び出し音が途切れ、警戒するような男の声がした。

「もしもし……?」

腹に響くような低い声を聞いて、なぜか、ひげ剃《そ》り後のジョリジョリとした顎の感触と、シェービングクリームの香りを思い出した。最後に父に頬ずりされたのなんて、せいぜい小学校低学年のころだったろうに。

私は叔母夫婦の家で与えられた部屋にいた。母が亡くなって以来、ずっとお世話になっている家の六畳間で、ベッドサイドを背もたれに、絨毯《じゅうたん》の上で体育座りをしている。

日曜日の昼下がりだった。窓から差し込む光が絨毯にひなたを作り、外からは近所の子供たちの遊ぶ声が聞こえる。

「もしもし。パパ」

　私の声を聞いて、電話口で息を吸う気配があった。

「奈々か」

「久しぶり」

「久しぶりだな。ど、どうしたんだ。知らない番号からかかってきたから、出ようか迷ったぞ」

「携帯変えたから」

　それももう二年前の話だが。

「そうか。だからこっちからかけても、つながらなかったんだな」

　父は新しい番号を教えてもらえていなかったことに、少し落胆したようだった。

「元気か」

「うん。まあ」

「ちゃんと食べてるのか」

「ご飯は毎日、由美子《ゆみこ》叔母ちゃんが作ってくれるし。パパこそちゃんと食べてるの」

「あ。ああ……外食が、多いかな」

　ほとんど外食なんだな、と思った。父には自炊《じすい》の習慣がない。

同時に、食事を作ってくれるような女性もいないんだと思った。

ぎこちない沈黙が流れる。

「あのさ」と、私から沈黙を破った。

「なんだ」

「捕まったね、あの人」

父は絶句したが、私の言いたいことは伝わったと思った。あの事件はテレビのワイドショーなどでも取り上げられていたから、報道を目にして知ったのだろう。私がかかわっていることは、同居する叔母の家族にも話していないし、もちろん父も知らないはずだ。

ふたたび沈黙が訪れる。

今度は父が沈黙を破った。

「どうだ。大学は」

唐突ともとれる話題転換から、あの女の話をしたくないという意図が伝わってくる。

「楽しいよ」

「そうか」

「もしかして」私は訊きたかった話を切り出した。

「もしかしてパパ、本当に不倫してなかったの。あの女と」

答えを聞くのが怖かった。もしも父が不倫していなかったとすれば、コーヨーくんと同じように、あの女の嘘に振り回されていただけだとすれば、これまでの親子の断絶はなんだったのか。母の死はなんだったのか。

父は一つ長い息を吐いた。

「ずっとそう言ってきただろう。パパには後ろめたいことなんて、なに一つないんだって」

そうだった。どんなにあの女から嫌がらせをされようと、半狂乱になった母に責められようと、父は一度も浮気を認めなかった。女のほうがそう言っているのだから間違いない。火のないところに煙が立つはずがない。この期に及んで認めようとしないなんて往《おう》生際《じょうぎわ》の悪い男だと、母や私が勝手に憤り、勝手に幻滅してきただけだ。父はいつだって、毅然と対応してきたはずだった。その態度すら怪しいというのなら、父はどう振る舞えば潔白を証明できたというのだろう。

「どうした、奈々」

父の心配そうな声で、私は自分が泣いているのに気づいた。涙が止まらず、声が出せない。

「なにかつらいことでもあったのか。大丈夫か」

違う。そうじゃない。私がつらかったんじゃない。つらかったのは、本当のことを言っているのに信じてもらえなかったパパじゃないの。絶対的な味方であるはずの家族に信じてもらえず、家庭が崩壊していくのを見ているしかないのは、気が狂いそうなほどつらい日々だったに違いない。

「ごめんなさい」

ようやく言葉を絞り出した。

「なにを言うんだ」

父は笑っていた。

「いままで信じてあげられなくて、ごめんなさい」

「そんなことはいい。少なくともおまえは、生きてくれている」

居間にいるであろう叔母夫婦に聞こえないように、私は口もとを手で覆って嗚咽した。

2

「ミネギシ、さん」

「下の名前は」

「ユウコ」

「ミネギシユウコちゃんか」

その名前を聞いて、まさか、と思った。まさかあのミネギシユウコか。母を自殺に追い込んだ、あの。

私は友達の真帆《まほ》の話に笑顔で相槌を打ちながらも、意識はL字形カウンターで斜向かいに座る二人組の会話に吸い寄せられていた。

一人は無精ひげのチャラい雰囲気で、もう一人は仕事帰りのサラリーマンふうのスーツ姿だ。どちらも二十代後半ぐらいだろうか。ちょうどミネギシと同じくらいの年代だ。

「でさ、そのテニスサークルの吉田《よしだ》っていうのが、超自己中なんだって。前に話した医学部の石田《いしだ》っていう男、いるじゃん。あれとタメ張るぐらいだっていう話だから、よっぽどだよね――」

真帆は友達の友達の彼氏の話を続けている。そんなことより、あの二人組の会話の内容が気になってしょうがない。

「もしかして、これじゃないか」

無精ひげの男が検索の末になにかを発見したらしく、サラリーマンふうの男が横から覗き込んでいる。

まさか、あれを見つけたのか。

「美人じゃん。ほかに顔写真はないかな」

無精ひげの男が、興味深そうに画面を見つめている。

「どうやらユウコちゃんは、小説が好きらしいな。トウノケイゴとかいう作家の本の表紙の写真を上げてるぞ」

やっぱりそうだ。

ということは、ミネギシユウコはやはりあのミネギシユウコで間違いないらしい。

トウノじゃなくてヒガシノだけどね、東野圭吾。さてはあなた、ぜんぜん小説読まないでしょう。などと無精ひげの男に心でツッコミを入れながら、私は耳をそばだてる。

「こういうの、まずくないか」

「なにがまずいもんか。自分のページに鍵をかけて、友達以外は見られないようにすることだってできるんだぜ――」

そう。遠慮することはない。どんどん見て欲しい。

そのためにミネギシユウコを騙《かた》って、アカウントを取得したのだから。

私は母を自殺に追い込んだミネギシユウコという女に復讐するつもりだった。だがミネギシは勤務先である銀行を辞め、行方がわからなくなっている。そこで私は情報収集のために、ミネギシを騙ってアカウントを取得することにした。プロフィール写真は父のデジカメに残っていたホームパーティーの写真からトリミングし、名前の漢字がわからないので、アルファベットで登録する。

手始めに狛江銀行で父の部下として、私たちの家を訪ねてきたことのあるかつての部下たちに片《かた》っ端《ぱし》から友達申請をした。五人が承認してくれたが、この五人は狛江銀行の人間なので、銀行をやめた後のミネギシの足取りについては把握していないだろう。そこでプロフィール欄に「私のことを知っている人がいたら気軽に友達申請してください」と書き添え、情報を待つことにしたのだった。数ヶ月に一度、自分の行った場所や食べたものなどの写真を投稿し、完全な放置状態を作らないようにしたものの、期待したように情報が寄せられることはなく、成果はゼロだった。一欒一縁を訪ねたのは、次第に徒労感が膨《ふく》らみ始めた矢先のことだった。考えてみれば、あんな危ない女に仲の良い友人などいるはずもない。かりにあの女を知る人間がアカウントを発見したとしても、かかわりたくないと思うのが普通だろう。悲しいことに、復讐に燃えていた私の憎しみも、時間の経過とともに薄れつつある。そろそろアカウントを閉じてしまおうかというタイミングで、運命的な出会いを果たしたのだ。

「ねえ、ムロさん。誰かこいつにぴったりのいい子、いないっすかね」

無精ひげの男が、店長のムロさんに話しかけている。どうやらサラリーマンふうの男に、女性を紹介してあげたいようだ。

いるいる、こういう男。本人が積極的に欲しがっているならいいかもしれないけど、サラリーマンふうの男のほうはそんなに気乗りしている感じじゃないのに。無精ひげの男にしてみれば善意のつもりかもしれないけど、完全に余計なお世話だよね。だいたい、あのミネギシユウコとくっつけようとするなんて、友達を地獄に突き落とすのに等しいのに。

そんなことを考えながら聞き耳を立てていると、ムロさんがこちらを向いた。

「そういえば奈々ちゃん最近、彼氏と別れたって言ってなかったっけ」

唐突に話を振られ、一瞬、固まってしまう。

だがすぐに我に返り、笑顔になった。

「もう、ムロさん。そういうこと大きな声で言うの、やめてよね」

信じられない。ここでミネギシユウコの名前を耳にしたこともそうだが、ミネギシユウコの知人らしき男とお近づきになれるチャンスまでもが、労せずして転がり込んでくるなんて。

「ごめんごめん。なんか、そこの彼が恋人募集中らしいから、奈々ちゃんに紹介しようと思って」

「本当に？」

私はそのとき初めて、遠慮なく二人組を観察する機会をえた。

ぱっとしないな、というのが第一印象だった。イケメンでもなければ、ブサメンでもない。清潔感はあるし、誠実そうではあるが、善良であるということは、えてして性的魅力には結びつかないものだ。隣にいるＥＸＩＬＥ崩れみたいな無精ひげのほうが、まだ魅力的かな。消去法であえて選ぶとすれば、だけど。

でも贅沢《ぜいたく》は言っていられない。ミネギシユウコへの復讐を果たすためにも、この千載一《せんざいいち》遇《ぐう》のチャンスを逃す手はない。

「いや。別に募集中とかじゃ――」

せっかく女の子を紹介しようとしてくれているのに断るなんて、ＥＸＩＬＥ崩れもこんなノリの悪い男の面倒を見てあげる必要ないのに。

そんなことを考えながら、私は言葉をかぶせた。

「いいよ」

店じゅうの視線が、私に集中する。とくに隣にいる真帆が驚いているようだった。この店で知り合った客にデートに誘われることはあったが、これまですべて断ってきた。それがどうしてあの冴えない男と？　とでも、思っているのだろう。

「いま、なんて……？」

ＥＸＩＬＥ崩れが訊き返してくる。

「いいよ。デートしてみよっか」

ついに見つけた。あの女につながる糸を。

私は心から笑うことができた。

3

冴えないサラリーマンふうの男は、伊東公洋という名前だった。ＥＸＩＬＥ崩れの友人である森尾くんからは、コーヨーと呼ばれていたので、私もコーヨーくんと呼ぶことにした。

その日のうちにメッセージアプリのＩＤを交換したものの、コーヨーくんはろくに店を探しも、ましてや予約もしないつもりらしく『七時には職場を出られると思うので、渋谷あたりで集合にしましょう』などと愛想のないメッセージをよこした。なるほど、これじゃ女性に縁遠くなるわけだ。

だがはっきりと待ち合わせ場所を指定されなかったのは、好都合と言えるかもしれない。私は森尾くんを呼び出し、「コーヨーくんの職場まで迎えに行って、驚かせてやろうよ」と提案した。ノリの良い森尾くんは「いいね」と二つ返事で応じた。さすがの森尾くんでもコーヨーくんの職場を訪ねたことまではなかったようだが、コーヨーくんの勤務先の名前は覚えていた。スマイル法務事務所という司法書士法人らしい。コーヨーくんはそこに勤めながら、司法書士を目指して受験勉強中らしい。意外に頑張り屋さんなんだと、少し見直した。

スマホで住所を検索してスマイル法務事務所を訪ねてみると、事務所のガラス越しにコーヨーくんの姿が見えた。その傍《かたわ》らには、あの女の姿もあった。

間違いなく、私の捜していたミネギシユウコ――峰岸佑子だった。

私がコーヨーくんの職場に押しかけようと提案した本当の狙いは、コーヨーくんへのサプライズなどではない。あの女が本当にそこで働いているのかをたしかめるためだ。

森尾くんを誘ったのは、コーヨーくんの職場を聞き出すためだったし、コーヨーくんの職場を訪ねても不自然に思われないためのカムフラージュでもあったが、もう一つ、予想外に大きな役割を果たしてくれた。人数は多いほうが楽しいからと、あの女も食事に誘ってくれたのだ。

そして一緒に食事をしてみて、さらに大きな発見があった。

あの女は、どうやらコーヨーくんのことを好きらしい。中本さんというおじさんはどうやら気づいている雰囲気があったが、ほかの男連中はまったく鈍《にぶ》いったらない。あんなにわかりやすく好き好き光線が出ているっていうのに。

私は男たちの鈍感さがじれったくもあり、あの女の厚顔ぶりに腸の煮えくりかえる思いでもあった。私の家族をめちゃくちゃにして、母を死に至らしめたあの悪魔のような女が、のうのうと恋する乙女を演じている。あれから六年以上が経過している。その間、この女はいくつの恋をしてきたのだろう。きっとその数の何倍もの、不幸な人を生み出してきたに違いない。

私は一計を案じた。ただ復讐するだけではつまらない。他人のものを奪うのが生きがいのようなこの女から、まずは私が奪ってやろう。他人の痛みを理解することなど期待はできないだろうが、いつも自分がしてきた仕打ちを受ける屈辱で、どんなふうに表情が歪むのか見物だ。そのためにはまず、コーヨーくんのことを本気で好きにさせなければ。

私は駅へ向かう道すがら、あの女の隣に並んで話しかけた。

「佑子ちゃんの好きな人って、コーヨーくんのことでしょ」

「そんな……」

恥じらう姿を見ながら、胸の内では怒りが渦《うず》を巻いていた。

それでもけっして、表情には出さない。

最後に落とすのなら、できるだけ高いところから落としたほうがダメージは大きい。

「私、応援するから」

「奈々ちゃん……」

「二人はお似合いだと思う。頑張って」

笑顔でガッツポーズを作りながら、私は自分の内側の暗黒を覗く気分だった。私は自分が思っていたほど、善良な人間ではない。もしかして私のしていることは、復讐という大義名分を掲げているだけで、あの女と大差ないのではないか。

いや、そんなことはない。あの女を野放しにしていれば、第二第三の私の母が生み出される。罰しなければならないのだ。

だが果たして、私にそんな権利があるのか――。

さまざまな感情の色が渦を巻き、やがて真っ黒に染まる。目を閉じても開けても暗闇しかないのなら、目を閉じたまま進めばいい。

私は自分に言い聞かせながら、ミネギシユウコ名義のアカウントに、飲み会の写真を投稿する。

カルパッチョの写真に『大好きな人と食事』とコメントを添えた。

あれ？　このコメントは誰の言葉だろう。

あの女が言いそうなことを、私が代弁しているに過ぎないのか。

それとも、私自身の――？

わからない。私には私が、わからない。

4

飲み会の翌日から、私はコーヨーくんと日に三、四回ほどメッセージをやりとりするようになった。

「またコーヨーくん？」

学食でランチを摂っていると、真帆がにやにやと覗き込んでくる。

「なんでわかったの」

私はぎょっとしながら、左手のスマホから視線を上げた。真帆とはテーブルを挟んで向き合っているので、私のスマホの液晶画面が見えたということはないはずだ。

「だって楽しそうにしてるから」

「そうかな」

「そうだよ。鼻の下びろーんってのばしちゃって」

真帆が自分の上唇を摑み、引き下げる動きをする。

こんなやりとりが増えてきた。最初は冴えないやつだと思っていたコーヨーくんだが、付き合ううちに良いところが見えてくる。とにかくやさしい。気遣いができる。人の価値観を否定しない。あれ？　と、ふと気づく。これってもしかして、うちの父に似ているんじゃないか。だとしたら最悪だ。コーヨーくんも煮え切らない態度につけ込まれ、ずるずるといろんな女と関係を持って、本当に大事な人を傷つけるかもしれない。そんな男を本気で好きになってはいけない。そもそも私にとってコーヨーくんは復讐の道具だ。復讐が終われば関係も終わる。待てよ。それって、最悪なのは私ってこと？　私は罪悪感と自己嫌悪に蓋をして、コーヨーくんとラブラブなメッセージのやりとりを続ける。やがて話題が映画のことになり、なんとなく、ここでデートに誘われるんじゃないかという雰囲気になってきた。

——忙しくて劇場から足が遠ざかっているけど、最近おもしろい映画やってるのかな。

そんな内容のメッセージが届き、私はひらめいた。ここで私が具体的な映画のタイトルを挙げれば、おそらくその映画を観に行こうと誘われる。私は大学の友人たちにいま上映中の映画でおもしろいものがないかを訊ね、チケットショップに出向いてその作品の前売り券を買い求めた。その足で武蔵小杉に向かい、東急線の改札近くであの女が現れるのを待った。あの女がいくつかあるうちのどの改札を利用しているのかは、飲み会のときに一緒に駅まで向かったからわかっている。

駅構内のファストフード店に入り、改札口の見渡せる席に陣取ってしばらく待っていると、まんまとあの女が現れた。私は急いでドリンクをダストボックスに放り込み、改札口へと駆けた。

「佑子ちゃん」

振り返ったあの女は、さすがに驚いたようだった。

「どうしたの。こんなところで」

「佑子ちゃんがどうしてるのかと思って」

冗談めかして言うと、本当に冗談だと思ったらしい。あの女は「なに言ってるの」と笑った。

「もしかして、公洋さんに会いに来たの？　今日はもう帰ったよ」

おや？　と思った。前に会ったときには、コーヨーくんのことを「伊東さん」と苗字で呼んでなかったっけ。

だがあえて流した。「公洋さん」は自分の物だと懸命にアピールしたいようだが、おそらく、どう考えても私との仲のほうが深まっている。せいぜい吠《ほ》えるがいい。

「今日は違うの。佑子ちゃんと話がしたくて」

「私と？」

「コーヨーくんとどうなってるのかなと思って、作戦会議に来たの」

ご飯でも食べながらさ、と、私はあの女を複合商業施設の最上階にある飲食店街へと誘った。時間を無駄にしたくないので、一番空いているパスタの店にした。

不自然にならない程度に前置きをして、先ほど購入してきた映画の前売り券を差し出す。

「これは？」

「見ればわかるでしょう。映画のチケット。これあげるから、二人で行っておいでよ」

あの女は狐につままれたような顔で、テーブルの上の前売り券と、私の顔を見比べていた。

「森尾くんから聞いたんだ。コーヨーくん、本当は映画が大好きなんだけど、最近は忙しくて劇場から足が遠ざかっているんだって。この映画もコーヨーくんが好きそうなジャンルを森尾くんから聞いたから、コーヨーくんの好みに合わないことはないと思う。思い切って誘ってみなよ」

森尾くんから聞いたというのは嘘だ。五人で食事したあの日以来、まったく連絡を取っていない。コーヨーくんに近づくことのできたいまとなっては、彼は用済みだ。

「……いいの？」

「いいよ。今日はそのために来たんだから」

映画の前売り券を手渡して、宣戦布告するために。

「ありがとう」

「応援するって言ったじゃない。頑張って」

私は本当に性格が悪いな。こんなんじゃ、私とあの女と、どちらを選ぼうとコーヨーくんは不幸になる。復讐のため？　復讐のためなら、誰かを傷つけてもいいの？　この復讐を成し遂げたとしたら、そしてかりにあの女のことを大切に思う人がいたとしたら、私はその人からの復讐を甘んじて受けなければならないのだろうか？　だとすれば、この復讐の連鎖に終わりはあるのだろうか？

私はジレンマに蓋をする。

翌日の夕方まで待って、あらかじめ作っておいたメッセージを送信した。

――大学の友達に聞いたけど、いまやってるこのアメコミ映画がおもしろいって。

そろそろ終業の時間のはずなので、すぐに返信があると思ったが、既読マークがついてからが長かった。仕事が忙しいのだろうか、それとも、なんと返信しようかと文面を考えているのだろうか。万に一つでも、あの女を選んでこちらを断るなどということはないと思うが。

返信を待ちながら、うきうきしたり、やきもきしている自分に気づく。なんだか普通に恋愛しているみたいだと苦笑したとき、待ちわびた返信があった。

――その映画、一緒に観に行かない？

「それだけかいっ」

これだけ待たせておいてと、思わず突っ込んでしまう。そして一人で笑ってしまった。散々やきもきさせられたのだから、仕返しだ。私はたっぷり一時間以上ももったいつけた後で、短文を返した。

――やったー！　行こう！

さて、次はどれぐらい待たせるつもりだ。

気にするのも癪《しゃく》なので、いっそ寝てしまおう。この後コーヨーくんからの返信があっても、こちらからの返事は明日の朝だ。そう思ってスマホを充電し、布団をかぶったものの、スマホが振動していないかと、何度も布団を抜け出して確認してしまった。

5

その日は遅刻した夢で目が覚めた。

起床するとすでに外は暗くなっており、それでも一縷《いちる》の望みを抱いて渋谷に向かってみるものの、案の定待ち合わせ場所にコーヨーくんの姿はなくて真っ青になる、という内容だ。冷静に考えれば、待ち合わせ場所に向かう前に一本連絡を入れればいい話なのだが、寝坊したと気づいた瞬間のあの胃が持ち上がるような感覚が妙にリアルで、目が覚めたら眠れなくなってしまった。

入念なアイメイクで目を盛り盛りに大きくし、ああでもないこうでもないとコーディネートに悩んでも、出かける時間にはまだ早い。けれど自宅にいるとどうしても落ち着かなくて、こうなったら渋谷をぶらぶらしてたほうがいいかと思い、早い時間の電車に乗った。

すると約束の時間より二時間も早く渋谷に着いてしまい、うろうろと難民のように街を徘徊することになる。けれど渋谷はやっぱり苦手だ。一人で歩き回っていると、ナンパやらスカウトやらに声をかけられてまったく前に進めない。

しかたなく待ち合わせ場所のSHIBUYA TSUTAYA一階に入り、いろいろと見て回ることにした。するとFUNKISTの新しいアルバムが、試聴機に入っているのを発見した。よかった。新しいやつ、まだ手に入れてなかったんだ。私はアルバムを試聴しながら時間を潰そうと決めた。

すると何曲か聴いたところで、隣から視線を感じる。さっきまではカップルが仲良く試聴していたが、その場所は、いまは野暮《やぼ》ったい雰囲気のお兄さんに替わっていた。って、野暮ったい雰囲気のお兄さんだと思ったら、コーヨーくんだった！

「びっくりした」

まだ心臓がバクバクいっている。

「そんなに驚かなくても」

コーヨーくんはにっこりと微笑んだ。

「でも、待ち合わせまで、まだ三十分ぐらいあるのに」

「なにを聴いてたの。バンド？」

コーヨーくんが試聴機の周囲を飾るパネルをしげしげと見つめる。

そのとき、私はひやりとした。そういえばミネギシユウコを騙ったアカウントに、FUNKISTのライブ会場だったO-EASTの看板の写真を投稿していたのだ。

「ううん。よく知らない。この人たち、バンドなのかな。たまたまあったから時間潰しに聴いてみただけ」

一刻も早くこの場を遠ざかろうとしたせいで、ちょっと不審な感じになってしまった。よく考えれば、コーヨーくんはあのアカウントをチェックしていない。最初に中野の一樂一縁で出会ったとき——正確にはまだ出会う前に会話を盗み聞きしていたとき、「知らないうちに職場の同僚にプライベートを嗅ぎまわられたら、いい気はしないと思う」って、森尾くんをたしなめていたもの。

良い人だよな、この人。私にはもったいないぐらいの。

「それにしても、渋谷はやっぱり人が多いね」

また人混みに押されて引き離されていたらしい。コーヨーくんが走って追いかけてきた。

「あんまり渋谷、来ないの？」

渋谷だけじゃなく、新宿とか池袋とかにも、あまり行かないんじゃないか。なにしろこの人、人混みを歩くのが下手くそだ。

「大学のとき以来。サークルの飲み会が渋谷だった」

「それって何年前？」

「七、八年かな」

大学生時代がもう七、八年前か。そのときになってようやく、コーヨーくんがけっこうお兄さんなんだと意識する。あまりにしっくり来ているから、なんとなく同年代のように接してしまうけど。

映画までまだ時間があるので、カフェで少し時間を潰そうという話になった。コーヨーくんは渋谷にほとんど土地勘がなさそうだし、時間があるといっても三十分ぐらいなので、それほど映画館から離れるわけにもいかない。そういえば近くにロクシタンカフェがあったと思い出した。前に真帆と行ったことがあったのだ。

しばらく待たされて席に通されたが、コーヨーくんはこういう場所に慣れていないのか、挙動不審気味だ。少し恥ずかしいが、お兄さんなのにかわいいなとも思ってしまう。

あれ？　どうしたんだろう。よく見ると顔もなんとなくかっこよく見えてきた？　どこにでもいるフツメンのモブキャラだよねって冷静に分析できる自分も残ってはいるのだが、一方で、眉毛のかたちがイケメンふうだなとか、目が小さいところが逆にかわいらしいとか、そんなふうに強引な解釈をしようとする自分も登場しているのだった。

スクランブル交差点を見下ろす席に肩を並べ、私は思いつきでムスカ大佐の真似をした。

「まるでゴミのようだ」

コーヨーくんの頰が強張る。

あれ、伝わらなかったかな。これ大学の友達の前でやると馬鹿ウケなんだけど。真帆なんて笑いすぎて泣いてたんだけど。

これは『天空の城ラピュタ』に登場する悪役のムスカ大佐が口にする有名な台詞を真似たもので、けっして私の心からの言葉というわけでは……と説明しなければならないか。こういうの、一瞬で伝わらなくて、説明するときの気まずさといったらないんだけど。

そう思いつつ口を開きかけたとき、コーヨーくんが言った。

「『ラピュタ』か」

「よかった。気づいてくれた」

本当によかった。こういう感覚の共有って、友達でも恋人でも、長く付き合っていく上で本当に大事だと思う。コーヨーくんと長い付き合いができるのかは別として。

「宮崎アニメ、好きなんだ」

「好き。っていうか、嫌いな人なんかいるの」

「僕は好きだけど、中にはいるんじゃないの」

コーヨーくんが苦笑している。

「宮崎アニメではどれが好き？」

「そうだなあ。『トトロ』、かな」

「嘘！　私も！　私も『トトロ』が大好き！　ぬいぐるみも持ってた」

まだ池袋に両親と住んでいたとき、ピアノの練習が嫌いで駄々をこねると、「トトロと一緒だよ」とママが両手で持ったぬいぐるみを揺らしながらご機嫌をとってくれた。トトロだけじゃなくてあの映画に登場するキャラクターほとんどのぬいぐるみを揃えた。三鷹《みたか》の森ジブリ美術館にも何度か連れて行ってもらった。あの映画は私にとって、ただの映画ではない。幸福だった時代の家族の象徴そのものだ。

「本当に？」

「うん。すごい偶然じゃない？　二人とも『トトロ』が好きなんて」

「そうかな」

コーヨーくんが笑っている。たしかに『トトロ』が好きなんて珍しくないと思うけど、それでも同じものを好きでいられる感覚って、どうしてこんなに嬉しいんだろう。

店員に注文した後、コーヨーくんが口に手を添えた。

「ここ、けっこうするね。高くない？」

「でもこの店はポットで出てくるから、二杯は飲めるよ」

だから結果的にはお得でしょうという感じに、私はえへんと胸を張る。

「そうか」と、いったんは納得しかけたコーヨーくんだったが、急に焦《あせ》り始めた。

「えっ。ちょっと待って。映画が始まるまであと二十分ぐらいしかないのに」

二十分もあればじゅうぶんじゃない。なにをそんなに焦ってるのと、不思議に思っていると、注文の品が出てくるまで十分かかった。またやっちゃった。時間の逆算が苦手で、いつもバタバタとしてしまうのは、私の悪い癖だ。

ようやく一杯飲み終えたところで、コーヨーくんがスマホで時刻を確認する。

「残して出ようか」

「駄目だよ。残して出たら一杯あたり九百いくらだけど、ぜんぶ飲んだら一杯四百いくらになるんだよ」

そう言いながら、この人いいなと思った。時間の逆算が苦手な私に、時間を気にしながら、そろそろ動いたほうがいいよと声をかけてくれる。自分の苦手なところを補ってくれる人って、なんかいい。

でも諦めが早いのは考えものだ。

映画館まで移動しながら、コーヨーくんの声が追いかけてくる。

「たぶん予告が十分とか十五分とかあるから、予告編の途中からでも――」

「駄目っ。予告編からが映画でしょ！」

たしかにあと五分しかないけれど、諦めるほどの距離ではない。急げば間に合うよ、きっと。

だけど進めば進むほど、コーヨーくんを引き離してしまう。そういえばこの人、人混みを歩くのが下手くそだった。

私は意を決して駆け戻り、コーヨーくんの手首を握った。

ぎょっとしたコーヨーくんが固まっている。

そんな目で見ないでよ。こっちだって、心臓が口から飛び出しそうなんだから。

「早く！」

私は手首を引くどさくさに、コーヨーくんの手を握る。コーヨーくんのほうも握り返してくれて、興奮のあまり鼻血が噴き出しそうになる。いま私の顔を正面から見る人は、この子は熱でもあるのではないかと心配になるかもしれない。私は正面だけを見て、ひたすら早足で進んだ。

映画館に入り、座席につくのとほぼ同時に劇場内の照明が少し落ち、予告編が始まった。

間に合った。

息を切らしながらスクリーンを見つめる横顔を見ながら、あ、私、この人好きになるかもしれないと感じた。そう感じたときには、たぶんもう好きになっていたのだろう。もしかしたらもっと前から、好きだったけれど、あの女への復讐のためと言い訳するせいで、無意識に自分の気持ちから目を逸らしていたのかもしれない。

私はコーヨーくんが好きだ。だけど好きでいていいのだろうか。私は彼を、復讐のために利用しようとしていた。彼に近づいた真の目的は、峰岸佑子に近づくことだった。峰岸佑子をけしかけて彼のことを好きにさせ、そこを私が奪い取ることで溜飲《りゅういん》を下げる。そうやって散々いたぶった後で、本当の計画を実行に移す。あの女の人生を終わらせる。

最悪な女だと思う。あの女がやってきたことをやり返すだけだと言い訳しながら、利用されて気持ちを弄ばれるコーヨーくんのことはまったく考えていない。こんな私が、このままコーヨーくんを好きになってもいいのだろうか。私に彼を好きになる資格はあるのだろうか。

少なくとも、彼に打ち明けないといけないと思う。私が峰岸佑子に私怨《しえん》を抱いており、最初からあなたに好意的に振る舞っていたのは、あなたに興味があったわけではなく、峰岸佑子に近づきたかったから。峰岸佑子のことも焚《た》きつけて、あなたを好きにさせようとした。その上で、峰岸佑子からあなたを奪おうとした。そう思っていたけれど、いまは本気であなたのことが好きになりました。

言えない。さすがのコーヨーくんでもそんなことを言われてすんなり許容できるはずがない。そもそも、許容できる人間がこの地球上に存在するのだろうか。私がコーヨーくんの立場なら、間違いなく人間不信に陥る。

ならば真実を伝えずに、ひっそりと身を引くべきかな。たぶん、そうするのが一番傷が浅い。真実を打ち明けて自分を受け入れてもらおうとしたところで、そしてかりにコーヨーくんが表面上、私を許容してくれたところで、私は彼に重荷を背負わせることになる。こんな酷い真相を打ち明けて許してもらおうだなんて虫がよすぎるし、コーヨーくんにとっては残酷すぎる。

彼のことを思うなら、私の取るべき行動は明白だった。だが、それができない。去るならば早めに手を打たないと、彼の心に深い傷を残してしまう。わかっているけど、できない。もしかして私は、峰岸佑子とさして変わらないのかもしれない。いや、もしかして、ではない。同じだ。

いつか。そのうち。けれど踏ん切りをつけることができずに、悶々《もんもん》としながら日々を過ごした。ただ懊悩《おうのう》していたわけではなく、一丁前に彼からのメッセージに癒やされ、励まされ、ときめいていたのだから、私は本当にずるい女だ。

もう本当に終わりだ。いま関係を清算しておかないと、私は後に引けなくなる。

ラブホテルの一室で、彼が峰岸佑子に殺されたというニュースを見たのは、コーヨーくんに『彼氏ができました』という嘘のメッセージを送信しようとしていた、まさにその矢先のことだった。

6

父との通話を終えた後、私はしばらく動くことができなかった。

膝に顔を埋め、ぐったりと虚脱に浸る。

この六年は、いったいなんだったのだろう。あの女の嘘に翻弄されて母は自ら命を絶ち、父と私は断絶していた。そしてあの女への復讐に囚《とら》われた私は、自らの嘘が原因でコーヨーくんの人生を終わらせてしまった。

いや。本当に、私の嘘が原因だったのだろうか。

報道では、コーヨーくんのほうからあの女をホテルへと誘い、コーヨーくんのスマホを盗み見たあの女が、浮気を疑ってコーヨーくんを殺害したとされている。コーヨーくんがあの女と交際していたとは思えないが、あの女が私への嫉妬に狂う気持ちは理解できる。

私はあの女に映画の前売り券を渡し、「頑張って」と焚きつけた。あの女は、私を味方だと思っていたはずだ。それなのに、私は毎日のようにメッセージのやりとりを続けてコーヨーくんとの関係を育《はぐく》み、あろうことか、二人で映画に出かけていた。それも、あの女にコーヨーくんと一緒に行ってきなよと言って渡した前売り券の映画だ。コーヨーくんがトイレに入っているときに、私からのメッセージが届いたのを見たと供述しているらしい。たしかに送った。あの映画を友達にも薦めたら、友達も観に行っておもしろかったと言っていたよという内容のメッセージを。

どこまでが真実で、どこまでが嘘だったのか。考え始めると混乱してわけがわからなくなるが、少なくとも、私と出会わなければコーヨーくんがあんな目に遭うことはなかったのは間違いない。自分のついた嘘で他人の人生を狂わせ、終わらせたという重荷は、これから一生つきまとう。それはわかっている。

だけど、図々《ずうずう》しいけど、知りたい。コーヨーくんは死の瞬間、誰のことを想ったのか。あの女をホテルへと誘った真意はなんだったのか。まさか、本当は佑子のことが好きだったのか。二人はすでに付き合い始めていたのか。彼と知り合ってからの一ヶ月近くは、私の片思いだったのか。

それが叶わないのはわかっている。コーヨーくんはもうこの世にいないし、峰岸佑子はぜったいに事実を語らない。虚実入り混じる供述から、どれが真実かを見抜くのは不可能だろう。実際に、警察でさえあの女の供述を鵜呑みにし、コーヨーくんと峰岸佑子、「恋人同士」の痴情のもつれから発展した事件として起訴したようだ。

手に持ったまま、だらりと床に落としていたスマホがふいに振動した。

森尾くんからメッセージが届いている。

『いまなにしてる？』

森尾くんとは、コーヨーくんの葬儀で顔を合わせて以来だった。なんの用だろう。だが森尾くんとの間に、それほど重要な用件などあるはずがない。既読がついてしまったけれど、返信は後回しにしよう。

すると、ふたたびスマホが震えた。

また森尾くんからだった。

『南町田駅に来ているんだけど、いまから会えないかな』

私の自宅の最寄り駅に？

いったいなんの用事で。

考える間もなく、立て続けにメッセージが届く。

『会って欲しい人がいるんだ。コーヨーのことで話がしたいんだって』

「コーヨーくんのことで？」

私は弾かれたように起き上がった。森尾くんとは別に会いたくもないけれど、それがコーヨーくんのこととなると話は別だ。三十分ほどで家を出るので、駅の近くのスーパーあたりで待っていて欲しいと返信し、急いで身支度を調《ととの》える。三十分と伝えたが、実際には二十分で家を出ることができた。

懸命に自転車のペダルを漕《こ》いで、駅へと急ぐ。吹きつける風は痛いほどの冷たさだったが、全身から汗が噴き出していた。

やがてスーパーの駐車場の入り口に到着した。広い敷地のどこにいるのか確認しようとスマホを取り出したそのとき、前方に森尾くんらしき人影を発見した。

「森尾くん！」

大声で呼びかけてみる。周囲の買い物客がぎょっとしていたが、気にしている場合ではない。

黒いロングコートを着た森尾くんらしい人影は、こちらを向き、右手を振った。やはり森尾くんで間違いない。

そして森尾くんの隣には、白いコートに赤いマフラーを巻いた女性が立っている。あの女の人が、森尾くんの言う「会って欲しい人」なのだろうか。

近づいてみると、その人は森尾くんと同じくらいの年代に見えた。肩までの黒髪、顔のパーツ一つひとつの主張は薄いが、それぞれがバランスよく配置されていて上品そうな美女を作り上げている。さばさばとして綺麗なお姉さま、という感じだ。

「こんにちは。はじめまして」

笑顔で挨拶してくる綺麗なお姉さんに、とりあえず「こんにちは」と返し、説明を求めるように森尾くんを見る。

「この人は、寺島《てらじま》瑞穂さん」

寺島、瑞穂……瑞穂？

聞いたことがあるような気がしないでもないが、ピンとこない。

すると、森尾くんがいった。

「コーヨーの元カノだよ」

「元カノ？」

そういえば、一樂一縁で名前が出たのをうっすらと思い出した。まだ峰岸佑子の名前が出る前だったので、しっかり聞き耳を立てていなかったが。

「よろしくお願いします」

この人が、コーヨーくんの……。

私は瑞穂さんが怯《おび》えるぐらいに、彼女のことをじっくり観察していた。

7

人目を気にせずゆっくり話せるところがいいと瑞穂さんが言うので、駅からほど近い場所にある公園へと案内した。南町田駅のすぐ近くに、広大な敷地を持つ公園があるのだ。私たちは肩を並べ、公園の外周をなぞるように歩道を歩く。森尾くんは私を瑞穂さんに引き合わせると、「おれがいないほうがなにかと話しやすいだろうから」と言い残し、さっさと帰ってしまった。そういう気遣いとは無縁の人のように思っていたので意外だったが、これから瑞穂さんの話す内容をあらかじめ聞いていたのだろう。

「寒いね」

瑞穂さんは白い息を吐き出しながら、私のほうに顔をひねる。赤いヒールをちょこちょこと前に出す歩き方が、本当に寒そうだ。

「最近急に寒くなったから」

私は自転車を押しながら、笑顔でなんとなく調子を合わせたが、内心穏やかではない。コーヨーくんのことで話って、いったいなんだろう。その後もしばらく、たわいのない世間話は続いた。瑞穂さんはコーヨーくんの葬儀に列席していたらしく、だから私たちは一度会っているはずだよね、とか、本当にどうでもいい内容だ。

「あの、そろそろ……」

私が我慢できずに促すと、瑞穂さんがふっと笑った。

「公洋の事件、テレビや新聞でいろいろ報道されてるじゃない。私が知っている話とぜんぜん違うなと思ったから、誤解を解いておきたくて、久しぶりに森尾くんに連絡して、奈々ちゃんに取り次いでくれるよう頼んだの」

「どういうことですか」

「公洋が亡くなる前日、私、公洋から相談されてたんだ。あなたや、峰岸佑子のこと」

「そう、だったんですか……」ぜんぜん知らなかった。なぜ瑞穂さんだったのだろう。

「コーヨーくんとは、別れた後も連絡を取り合っていたんですか」

瑞穂さんがかぶりを振る。

「まさか。公洋はそんな中途半端なことを嫌うし、私だって、もう二度と会わないつもりで別れた。だからだって」

「だから?」

どういう意味だろう。

「いまの自分の人生からは一番遠い場所にいる相手だから、先入観なく話を聞いてくれる相手を考えたら、私が浮かんだ……って、そう言って、SNS経由で突然連絡してきたの。草壁タツオって誰だよって思ったら、公洋だったってわけ」

「草壁タツオ？　彼はそう名乗っていたんですか」

「そう。もしかして由来を知ってるの。なんでそんな偽名なのかって、不思議に思っていたんだけど」

「知っています。『となりのトトロ』に出てくる、主人公姉妹のお父さんです」

「そうなんだ。道理で」

瑞穂さんは合点がいったという表情になる。

「それこそ私にとっても、公洋はいまの自分の人生からもっとも遠い場所にいる相手だから、困っていようが、死のうが生きようが関係ないとは思ったけど、なんだかんだ六年も付き合った戦友みたいな感情もあるし、時間を作って話を聞くことにしたの。公洋ったら、待ち合わせ場所の喫茶店に現れたときからやけに思い詰めた顔をしていて、なにごとかと思った。そうしたらあいつ、復讐ってどう思う？　って」

背筋が冷たくなった。

「いま好きな女の子がいるんだけど、その子がある女性に復讐しようとしている。できれば止めたいんだけど、どうしたらいいのかわからないから、私に連絡した……って。いきなりそんなことを言われても、私もなにがなんだかわからないから、順を追って説明してもらった」

私はなんとか言葉を絞り出す。

「コーヨーくんは、私の正体に気づいていたってことですか」

「そうみたい。あの殺人犯の峰岸、以前に彼女と関係のあった上司の男性の娘さんなんでしょう。不倫が原因で家庭がめちゃくちゃになったということになっているけど、自分の場合を考えてみると、その上司の人も、本当に峰岸と不倫していたのかどうかは怪しいものだと言っていた。とにかく、公洋はあなたの正体を知っていた。あなたが復讐を目的に、自分に近づいたことにも気づいていた」

「嘘。とてもそんなふうには……」

見えなかった。

すると瑞穂さんは言う。

「もちろん、最初から気づいていたわけじゃないみたい。というか、むしろ私に連絡してくる直前に知ったと話していた」

「どうやって?」

「事件の三日前に公洋が仕事でミスをして、職場を解雇されていたという話は、知っているでしょう?」

「はい」

知っている。だが知ったのは、事件の起こった後だった。私はその日、コーヨーくんと電話で話していた。元気がなさそうだと思ったが、あそこで遠慮することなく、もっと詳しく話を聞こうとしていたら、結果は変わったのだろうか。

「あくまで公洋の立場からの話ではあるけど、あれは峰岸の策略だったらしいの。公洋は当初、あなたと峰岸、両方と同じ映画を観に行くつもりでいた。けれどあなたとデートしてみて、あなたのことが好きだと気づいたみたい。それで、律儀《りちぎ》にも峰岸のほうには一緒に出かけられないと断りを入れた」

絶句した。コーヨーくんはやはり、峰岸と交際してはいなかった。それどころか、あの映画に出かけた日、私が感じたのと同じように、自身の恋愛感情に気づいてくれていた。

瑞穂さんが続ける。

「どうも峰岸はそのことを逆恨みして、公洋が仕事で重大なミスを犯したかのように見せかける工作を行ったみたい。その結果、公洋は職場を追われることになった。峰岸はその後公洋に接触し、ミスの原因が公洋ではなく自分にあったと所長に口添えするのを条件に、断られた映画への同行を要求した」

狂ってる。私のやっていることも、結局はあの女と同じだと自己嫌悪に陥ることもあったが、狂気のレベルが違う。そんな怪物と対峙《たいじ》して、対等に渡り合うことができたのだろうか。

「峰岸には映画にさえ同行してくれれば、事務所から損害賠償請求を受けることがないように取り計らうと言われたそうだけど、いくらお人好《よ》しの公洋でも、そんな話は信用できないじゃない。そこで公洋は、峰岸のSNSアカウントから彼女とつながっている人たちに接触し、彼女に対抗するための手段を探ろうとした」

呼吸が浅くなる。言うまでもなく、コーヨーくんが見たアカウントは峰岸佑子本人のものではない。私が情報収集のために作った、なりすましアカウントだ。

「そして公洋は、峰岸が狛江銀行の職員時代に、上司と不倫騒動を起こして銀行を辞めさせられた事実を知る。相手の男の妻が、峰岸の執拗な嫌がらせに心を病んで自殺したということも」

つらい記憶がよみがえり、私は思わず目を閉じた。

だが現実を見つめなければ。自分の犯した罪と向き合わなければ。

私がまぶたを開くと、瑞穂さんは小さく頷いた。

「公洋は峰岸の相手だった元上司の男の開いた、ホームパーティーの写真を見せられたそうよ。まったく面識がないはずなのに、元上司夫妻にどこかで会ったような気がして不思議だったと言ってた。そして写真の背景に写る、アップライトピアノと、その上に置かれたまっくろくろすけのぬいぐるみを見て、あなたが元上司夫妻の娘であることに気づく」

ああ、と私は声を漏らした。

――宮崎アニメではどれが好き？

――そうだなあ。『トトロ』、かな。

――嘘！　私も！　私も『トトロ』が大好き！　ぬいぐるみも持ってた！

かつて交わした会話が、鼓膜の奥によみがえる。子供のころにピアノを習わされていたという話も、したことがあった。

「最初は、それがまっくろくろすけだとはわからなくて、マリモかなにかだと思ったみたい。でもよく見ると、毛玉に目があるのに気づいたんだって」

瑞穂さんが苦笑する。

「公洋は、峰岸佑子のものだと思い込んでいたアカウントをふたたび見返した。私には状況がよくわからないけど、カルパッチョを撮影した写真には、森尾くんのフォークが写り込んでいなかったそうね。それであのアカウントが、あなたによるなりすましだと確信した」と言ってた」

視界が大きく揺れた。

――森尾くん。森尾くんのフォークが入っちゃってるから下げて。佑子ちゃんも撮り直す？　たぶん森尾くんのフォークが写り込んじゃってるよ。

――本当だ。フォークが。

――最近、カメラの調子がよくなくて。もう五年も使ってるスマホだから、そろそろ買い換えの時期なのかも。

あのとき、写真を撮り直したのは私だけだった。峰岸が撮影したカルパッチョの写真には、森尾くんのフォークが写り込んでいる。

「そう思ってタイムラインの投稿を見返したら、どれも峰岸というより、奈々ちゃんの趣味と言ったほうがしっくりくるものばかりだったって、公洋、すっかり騙されたって笑ってた」

東野圭吾の小説。読書が好きで、読むのはもっぱらミステリーだと話したことがある。ライブハウスの看板。ＦＵＮＫＩＳＴの新譜を熱心に試聴しているところを見られた。水滴の垂れる窓を撮影した写真。雨の匂いが好きだけど濡れるのは嫌いだと話した。自分で作った焼き魚の写真。和食を作るのが得意だと自慢した。友人の飼っている犬の写真。子供のころ、通学路途中の家で飼われていたチロという雑種犬に会うのが毎日の楽しみだった。いつか自分でも大きなゴールデンレトリバーを飼うのが夢。

「騙すつもりじゃ……」

嘘だ。騙すつもりだった。コーヨーくんを利用して、峰岸佑子に復讐するつもりだった。

「公洋、言ってた。考えてみれば出会いから不自然だった。あんなにかわいい子が、自分のことを好きになってくれるなんておかしいと――」

「違う！」私は大声で遮っていた。

「違うんです。たしかに最初は、峰岸に接近するためにコーヨーくんに近づきました。好きじゃないのに、好きなふりをしました。だけどいつの間にか、本当にコーヨーくんのことを好きになっていたんです。でもあの人は真面目で、やさしくて、誠実で……なのに私は、嘘つきで、冷酷で、卑怯《ひきょう》で。本当のことを打ち明けないといけないって、思っていたんです。でもやっぱりできなくて。こんな汚い私を、許してくれるのか怖くて……いや、本当は許されてもいけないと思うんだけど」

「公洋は許してた」

瑞穂さんの言葉に、私は声を失った。

瑞穂さんが肩をすくめる。

「許す、って言葉を聞いたわけじゃないよ。ただ、六年も一緒だった私にはわかる。公洋は奈々ちゃんを許してた。許してたっていうか、好きだった。本当に表現するのが下手くそだけど、間違いない。ただ、いまのままだと公洋の気持ちが誤解されたままになっちゃうから、たぶん公洋自身は望んでいないと思うけど、それじゃ公洋が浮かばれないと思ったから、今日ここに来たの」

どういうことだろう。首をひねる私に、瑞穂さんは言う。

「だってもうこれで、奈々ちゃんは峰岸に復讐できなくなった」

数秒間、時間が止まった。

信じられない。そのためにコーヨーくんは、峰岸をホテルに誘った？

「公洋は自分を騙していたあなたへの恨み辛みを吐き出すために、私に相談してきたんじゃないの。あなたの本当の目的を知って、あなたを止める方法はないかと相談してきたの。あなたを呪うような言葉は、いっさいなかった。むしろ楽しい時間をくれたあなたに、感謝していた」

そんな。私だって楽しかった。コーヨーくんと出会えたことで、復讐なんてどうでもよくなっていた。止めようとしなくたって、とっくに止まっていた。

瑞穂さんが頷く。その顔も滲んでよく見えない。

「たぶんね。公洋はやさしすぎて、人を傷つけることができなかった。だからこんなかたちで、奈々ちゃんを守り通した。騙したことへの反省とか、そういうのはたぶん、公洋は望んでいないから。公洋は最期の瞬間まで、あなたのことを好きだった。それだけはわかってやって」

あと最後に、と瑞穂さんは言う。

「公洋、あなたに嘘ついたことを後悔してたわ。申し訳ないことをしたって」

「嘘……？」

コーヨーくんが、私に嘘を？

「本当はジブリ作品の中で『天空の城ラピュタ』しか観たことなかったんだって。あなたがジブリ作品を大好きだと知ってから、慌てて『となりのトトロ』を観たらしいけど」

そんなこと……。

そんな小さなことどうでもいい。思ったが、声が詰まって言葉にならない。

私は自転車のハンドルを離すと、その場に崩れ落ち、泣きじゃくった。

もう一度だけ。せめてもう一度でいいから、彼の手を握りたかった。

エピローグ

僕は扉を後ろ手に閉め、スリッパに履き替えて部屋に入った。

薄暗く、空気のよどんだ狭い部屋だった。ダブルベッドの脇に透明なアクリル製のテーブルがあり、テーブルを挟むように椅子が向き合っている。ベッド以外には自由に動き回れるスペースがほとんどない。これほど用途が限定されていて、目的のはっきりした空間もないだろう。

峰岸さんは弾むような足取りでベッドに向かい、身を投げ出すようにして横になった。そのままヘッドボードのところに並んだボタンに手をのばす。

「なんだか寒いわね、この部屋」

エアコンをいじっているようだ。スカートが太腿《ふともも》の付け根近くまでめくれ上がっているけれど、気にするそぶりもない。僕は視線を逸らし、壁にかけられたハンガーを見つめていた。

「どうしたの。そんなところに突っ立って」

峰岸さんがこちらに顔をひねった。その視線には、先ほどまではなかった粘っこい艶《つや》が含まれている。

「こっちにおいで」

布団をぽんぽんと叩かれ、僕は思い切って顔を上げた。

「は、話があるんです」

きょとんとしていた峰岸さんが、上体をゆっくりと起こす。

「なに？」

興ざめしたような低い声になっている。

「僕の名誉回復は必要ないので、峰岸さんも、事務所を辞めてくれませんか」

「なんで？」

「このままあそこにいたら、危険です」

心の奥底をじっと見透かすような、冷たい眼差し。

しばらくして、峰岸さんは口を開いた。

「嫌だ。ぜったいに嫌」

蔑《さげす》むような表情と視線がぶつかる。

「あの女でしょう。あの、ショートカットの大学生。私にたいしてやけに馴れ馴れしくしてくるから、おかしいと思った」

ナナちゃんの正体に気づいていたのか。それともいまこの瞬間に、僕が気づかせてしまったのか。

いずれにせよ、こうなったら持って回った言い方をしてもしようがない。僕は単刀直入に告げた。

「彼女は、峰岸さんに復讐しようとしています」

「わかっているの？　あの子が私に復讐しようとしているってことは、あなたは利用されたのよ」

「わかっています」

「それならどうして、あの子を助ける必要があるの」

「あの子のためでは――」

「嘘をつかないで！」金切り声をかぶせられ、全身がびくっと震えた。

「私のことを心配するふりをして、本当に気にかけてるのはあの子でしょう！　あの子がそのうち復讐を果たすんじゃないか、あの子が傷害や、ことによっては殺人に手を染めてしまうんじゃないかと心配しているだけじゃない！　どうしてあの子なの！　あの子は私に近づくために、あなたを利用したのに！　本当にあなたを好きなのは、私のほうなのに！」

狂気じみた叫びを聞きながら、僕は異常なほどの渇きを覚えていた。口を開こうとすると、くっついた唇同士がぺりりと剝がれる。

「すみません」

たしかに僕は、彼女に利用された。彼女は僕に嘘をついていた。だけどそれに気づいたときには、僕はもう彼女を好きになっていた。彼女の本当の姿がどうかなんて、関係なくなっていた。

「謝ってほしいんじゃない！　好きになってほしいの！」

「それは、無理——」

歩み寄ってきた峰岸さんの唇が、僕の唇に重なる。だけどなにも感じない。ナナちゃんの手のぬくもりが懐かしくなっただけだ。

峰岸さんにも、唇越しに僕の気持ちが伝わったようだった。僕から遠ざかった顔は、愕然としている。

僕はしゃがみ込み、両手を床についた。

「どうかお願いします。彼女から逃げてください」

「どうして……」

頭上から降ってくる声は、震えていた。

「お願いです」

「そこまでする価値ないでしょう！」

動物の断末魔に似た痛々しい叫びに、僕は思わず顔をしかめる。

「許さない。あの女……ぜったいに許さない。どこまでもつきまとって、あの女の人生をめちゃくちゃにしてやるから」

僕は薄汚れた絨毯に息を吐きながら、峰岸さんの呪詛《じゅそ》を聞いた。恐ろしくて、手が震える。身体が蠟《ろう》で固められたように動かない。だがここで僕が動かなければ、ナナちゃんは峰岸さんへの復讐をはたそうとするだろう。そして峰岸さんはあらゆる手段を講じて、ナナちゃんの人生を狂わせようとするに違いない。やめてくれと言葉で言って済めばそれが一番だが、残念ながら、僕はナナちゃんに愛されていない。僕では、彼女の抑止力になりようがないのだ。

僕は素早く立ち上がり、その勢いのままに、峰岸さんをベッドに押し倒した。

馬乗りになり、抵抗する彼女の手首を押さえつける。やがて白く細い首に、両手の親指を食い込ませた。

血の流れをせき止められた彼女の顔が、真っ赤に染まる。苦しそうな表情を見て、気持ちが萎《な》えかけた。一瞬、拘束を緩めてしまい、壁際に逃げられてしまう。

「どうしてこんなことをするの」

峰岸さんは咳《せ》き込みながら言う。

無言で歩み寄る僕に、手の平を向けた。

「待って。わかった。矢崎貢さんの相続。私の不手際だったと所長に口添えする。そうすれば求償される心配もなくなるし、場合によっては、職場復帰まで取り計らってもらえるかもしれない」

「それはどうでもいい」

もう後戻りはできないのだ。

僕は自らを叱咤しながら、ふたたび彼女を押し倒し、馬乗りになった。

親指に全体重をかけて、峰岸さんの頸動脈を圧迫する。苦悶《くもん》に歪む顔が、赤を通り越してどす黒くなる。こめかみに無数の血管が浮き出る。眼が血走り、唇の端から白い泡が噴き出す。

ああ、無理だと、ふと思った。僕に人を殺すことは、どうしてもできない。すべてをなげうつ覚悟で今日を迎えたというのに、この期に及んで煮え切らない自分がおかしくて、ちょっと笑いそうになる。

だがナナちゃんの復讐は止めねば。峰岸さんの狂気からナナちゃんを守らねば。

ばたばたともがく峰岸さんの手が、届くか届かないかの位置に、真鍮製の燭台が見える。僕が少しでも拘束を緩めれば、彼女は間違いなくあの燭台を握り、迷いなく僕の頭に振りおろすだろう。

それでいいか——と、思った。最初に願ったのとは違うけれど、峰岸さんとナナちゃんを物理的に引き離す結果になるのは変わらない。ナナちゃんの復讐を止めることができる。

「さよなら」

呟きと同時に親指を首から離し、軽く腰を浮かせた。

自由になった峰岸さんが這《は》い出して、真鍮製の燭台を摑む。

ナナちゃんの右頰のえくぼを思い出し、僕は微笑んだ。

スマホが着信を告げて震えていた。

あとがき

現場の意見を企画段階から取り入れた新刊を作りたいという構想を書店員の栗俣力也《くりまたりきや》さんから聞かされたのは、彼が仕掛けた復刊文庫『人喰いの時代』（山田正紀《やまだまさき》・著／ハルキ文庫）が話題になっていたころでした。

それから三年後の二〇一六年秋、栗俣さんから一通のメールが届きます。「ちょっと変わったご相談です」という意味深な件名のメールには、機が熟したので一緒に本を作りたいという旨《むね》が記されていました。読者に最も近い存在の書店員である栗俣さんから「今、一番読者に読ませたい！」と思う物語のアイディアをもらい、僕が膨らませて小説にするという企画の提案です。祥伝社が版元として名乗りをあげるのは、それから数ヶ月後。書店員が作家に執筆依頼し、後から版元が決まるという異例のプロセスを経て、この作品は世に出る運びとなりました。

ただし読者にとっては、プロセスなどどうでもいいことです。

業界初のこの試みが成功したか否《いな》か。

それは作品を読んだあなたが判断してください。

著者 佐藤青南（さとうせいなん）
一九七五年、長崎県生まれ。熊本大学法学部を除籍後、上京しミュージシャンに。第九回『このミステリーがすごい！』大賞優秀賞を受賞し、二〇一一年『ある少女にまつわる殺人の告白』でデビュー。著書に『ジャッジメント』『市立ノアの方舟』『君を一人にしないための歌』のほか人気シリーズ「行動心理捜査官・楯岡絵麻」「白バイガール」などがある。

原案 栗俣力也（くりまたりきや）
一九八三年、東京都生まれ。東京デザイン専門学校卒業後、ゲーム会社を経て、二〇〇七年より書店員に。二〇一四年よりTSUTAYA三軒茶屋店勤務。人目を引く売り場作りで数々の作品をヒットに導き「仕掛け番長」というニックネームを持つ。絶版文庫の復刊プロデュース、イベント企画や運営なども手がける。著書に『マンガ担当書店員が全力で薦める本当にすごいマンガはこれだ！』などがある。

たぶん、出会わなければよかった嘘つきな君に

一〇〇字書評

切り取り線

購買動機（新聞、雑誌名を記入するか、あるいは○をつけてください）	
□（　　　　　　　　　　　　　　　）の広告を見て	
□（　　　　　　　　　　　　　　　）の書評を見て	
□ 知人のすすめで	□ タイトルに惹かれて
□ カバーが良かったから	□ 内容が面白そうだから
□ 好きな作家だから	□ 好きな分野の本だから

・最近、最も感銘を受けた作品名をお書き下さい

・あなたのお好きな作家名をお書き下さい

・その他、ご要望がありましたらお書き下さい

住所	〒				
氏名		職業		年齢	
Eメール	※携帯には配信できません	新刊情報等のメール配信を 希望する・しない			

この本の感想を、編集部までお寄せいただけたらありがたく存じます。今後の企画の参考にさせていただきます。Eメールでも結構です。

いただいた「一〇〇字書評」は、新聞・雑誌等に紹介させていただくことがあります。その場合はお礼として特製図書カードを差し上げます。

前ページの原稿用紙に書評をお書きの上、切り取り、左記までお送り下さい。宛先の住所は不要です。

なお、ご記入いただいたお名前、ご住所等は、書評紹介の事前了解、謝礼のお届けのためだけに利用し、そのほかの目的のために利用することはありません。

〒一〇一－八七〇一
祥伝社文庫編集長　坂口芳和
電話　〇三（三二六五）二〇八〇

祥伝社ホームページの「ブックレビュー」からも、書き込めます。

http://www.shodensha.co.jp/bookreview/

祥伝社文庫

たぶん、出会《であ》わなければよかった嘘《うそ》つきな君《きみ》に

平成29年12月20日　初版第1刷発行
平成30年 3 月25日　　　第4刷発行

著　者　佐藤青南《さとうせいなん》　　原　案　栗俣力也
発行者　辻　浩明
発行所　祥伝社《しょうでんしゃ》
東京都千代田区神田神保町3-3
〒101-8701
電話　03（3265）2081（販売部）
電話　03（3265）2080（編集部）
電話　03（3265）3622（業務部）
http://www.shodensha.co.jp/
印刷所　堀内印刷
製本所　ナショナル製本
カバーフォーマットデザイン　芥 陽子

Printed in Japan ©2017, Seinan Satō ISBN978-4-396-34376-7 C0193

祥伝社文庫の好評既刊

佐藤青南　**ジャッジメント**

容疑者はかつて共に甲子園を目指した球友だった。新人弁護士・中垣《なかがき》は、彼の無罪を勝ち取れるのか？

飛鳥井千砂　**君は素知《そし》らぬ顔で**

気分屋の彼に言い返せない由紀江《ゆきえ》。彼の態度は徐々にエスカレートし……。心のささくれを描く傑作六編。

安達千夏　**モルヒネ**

在宅医療医師・真紀《まき》の前に七年ぶりに現われた元恋人のピアニスト・克秀《かつひで》の余命は三ヵ月。感動の恋愛長編。

五十嵐貴久　**For You**

叔母が遺《のこ》した日記帳から浮かび上がる三〇年前の真実――彼女が生涯を懸《か》けた恋とは？

伊坂幸太郎　**陽気なギャングが地球を回す**

史上最強の天才強盗四人組大奮戦！映画化され話題を呼んだロマンチック・エンターテインメント。

石持浅海　**わたしたちが少女と呼ばれていた頃**

教室は秘密と謎だらけ。少女と大人の間を揺れ動きながら成長していく。名探偵碓氷優佳の原点を描く学園ミステリー。

祥伝社文庫の好評既刊

歌野晶午
そして名探偵は生まれた
〝雪の山荘〟〝絶海の孤島〟〝曰《いわ》くつきの館〟圧巻の密室トリックと驚愕の結末とは？　一味違う本格推理傑作集！

浦賀和宏
緋《あか》い猫
殺人犯と疑われ、失踪した恋人を追って彼の故郷を訪ねた洋子《ようこ》。そこにはあまりにも残酷で、衝撃の結末が……。

恩田　陸
訪問者
顔のない男、映画の謎、昔語りの秘密——。一風変わった人物が集まった嵐の山荘に死の影が忍び寄る……。

近藤史恵
カナリヤは眠れない
整体師が感じた新妻の底知れぬ暗い影の正体とは？　蔓延する現代病理をミステリアスに描く傑作、誕生！

柴田よしき
竜の涙　ばんざい屋の夜
恋や仕事で傷ついたり、独りぼっちになったり。そんな女性たちの心にそっと染みる「ばんざい屋」の料理帖。

中田永一
百瀬、こっちを向いて。
「こんなに苦しい気持ちは、知らなければよかった……！」恋愛の持つ切なさすべてが込められた小説集。

祥伝社文庫の好評既刊